Kanade & Ren
「バックステージ・トラップ」

けれど、驚きと尊敬に満ちた眼差しで、改めて長身の高井戸を見上げた奏は、刹那、とんでもない嵐に攫われていた。

「でも、やっぱり、喰わないでおくには惜しい坊やだ」

多分にニヤけた囁きが、柔らかな栗色の髪を掻き分けて、形のいい耳たぶを掠めていく。

そして、今度、奏が咬まれた場所は――。

（本文P.31より）

Chara

バックステージ・トラップ

篁 釉以子

キャラ文庫

この作品はフィクションです。
実在の人物・団体・事件などにはいっさい関係ありません。

目次

バックステージ・トラップ

口絵・本文イラスト／松本テマリ

バックステージ・トラップ

彼はまるで、指先に刺さった抜けない棘《とげ》。

針の先で突いたような、取るに足らない小さな点が、触れる度、どうしてこんなにも熱をもって痛むのか——。

それなのに、抜こうと足掻《あが》けば足掻くほど、鋭い棘は皮膚の奥へと潜り込み、肉の狭間《はざま》に埋もれて、いよいよ取り出せなくなる。

やがて、抜き取るのを諦《あきら》めて、傷口が跡形もなく塞がってしまっても、尚《なお》も指先に残る消えない痛み。

そう、彼は抜けない棘——。

指先に宿る痛みは、いつまでも去らないのだ。

＊　＊　＊

暗転を切り裂いて閃《ひらめ》く、ハイビームのスポットライト。観客の予想を激しく裏切って、舞台上に映し出される意外な登場人物。

キレのあるセリフの応酬。あたかもステップを踏むダンサーのように、ステージの上で繰り広げられる、華麗にして大胆な役者の動き。

「ちぇっ、カッコいい……！」

食い入るようにテレビの大画面に見入りながら、秋津奏《あきつかなで》は形のいいその唇を僅《わず》かに歪《ゆが》ませて、悔しげに感嘆の声を漏らしていた。

もう何度、再生を繰り返しているか知れないビデオテープ。

奏が煌《きらめ》く榛《はしばみ》色の瞳《ひとみ》を釘《くぎ》づけにされているのは、昨年、オフブロードウェーで異例の絶賛を博し、あまつさえ、トニー賞の候補にまで上ったという、ある新進気鋭の日本人演出家が手懸《てが》けた作品だ。

「チクショウ……！」

唐突に暗転して、まるで打ち切るようにフィナーレを迎えた画面に、奏は親指の爪を噛《か》み締めた。

日本ではもちろん、上演されたことのないマイナーな作品のビデオテープを、今やゴールデン枠の連続ドラマには欠かすことのできない売れっ子のシナリオライターでもある、従姉《いとこ》の志田麻子《しだあさこ》を経由して、奏が入手したのは六週間前。

以来、奏也は取り憑《つ》かれたように、ビデオの再生と巻き戻しを繰り返している。

そして、いい加減で画質が落ちてきそうなほど、奏の心を虜《とりこ》にしているこの作品を手懸けた演出家の名前は高井戸蓮《たかいどれん》。

至って安穏だったはずの奏の人生を、すっかり狂わせてしまった男だ。

「ああ、クソォ……！」

これで最後にしようと思っていたのに、気がつけば、またもリモコンの再生ボタンを押している奏。

この六週間というもの、肌に心地よいベルベットのソファーの上が、すっかり奏の居場所と化してしまっていた。

実際、まるで質の悪い麻薬みたいに心を蝕《むしば》むビデオのせいで、奏は外出することもままならないほどだ。

けれど、この日、五回目となる再生画面に、奏が見入ることはなかった。

「こら、奏！　アンタ、また一日中、高井戸のビデオ見てたんじゃないでしょうね！」

ピシャリと叱《しか》りつける声と共に、背後から伸びてきた手が、ソファーの上に投げ出されていたリモコンの停止ボタンを押したからだ。

唐突に消されたテレビ画面に、奏は首だけ斜めに振り返った。

「なんだ、麻子ちゃん、帰ってきたんだ？」

「帰ってきたんだじゃないわよ、まったく！」

怒り顔で自分を見下ろしている従姉の姿に、奏はソファーに座ったまま、小さく首を竦《すく》めた。

「だって、今夜は堤《つつみ》さんのとこに泊まるのかと思ってたから」

「冗談！　あんなウジが湧《わ》きそうな部屋に泊まったりするもんですか！　だいたい、家でお腹すかせてるアンタを、放っとけるわけないじゃないの！」

そう言って、麻子が差し出してきた紙袋に、奏はやや子供っぽい歓声をあげた。

「わーい！　寿司仁《すしじん》のおみやげだ！」

向き直ったソファーの背もたれ越しに、そのウエストの当たりに両腕を回して抱きついてきた奏に、麻子は苦笑を浮かべた。

もうじき二十一歳になるというのに、奏のこういう甘ったれて屈託のないところは、三歳児の頃《ころ》から少しも変わらなくて、九つ歳上の従姉である麻子の母性本能を、いつだって激しくくすぐるのだ。

「もう、アンタって子は！　ホントに困った知能犯なんだから！」

麻子は溺愛《できあい》してやまない従弟《いとこ》の形のいい小さな頭に、深いボルドーに染めた爪も美しい指を差し入れて、その艶《つや》やかな栗《くり》色の髪をクシャクシャに掻き回した。

だが、可愛くて仕方がない従弟の心の中に、小賢《こざか》しい計算や作為などが微塵《みじん》も存在していないことは、いかにも怒った風を装っている麻子自身がいちばんよく知っていた。

「ほら、お腹すいたでしょう？　今、お茶入れてあげるから、早く食べちゃいなさい」

「うん！」

けれど、お茶を入れてあげると口にしながら、決して自らキッチンに立たないところが、大人気の美人シナリオライターである志田麻子だ。

「堤、奏にお茶入れてあげて。あ、わたしにはコーヒーね」

奏の頭を愛しげに胸に抱いたまま、麻子は首だけ背後を振り返った。

「あれ？　堤《いと》さん、来てたんだ？」

キュッと括《くび》れた麻子のウエストの陰から顔を覗《のぞ》かせた、奏の視線の先に、いつもながら思いきり呆《あき》れ顔で腕組みしている堤聡史《さとし》の姿。

「お前らなぁ…」

今、初めて自分の存在に気づいたらしい奏と、そのグラマラスな胸に奏の頭を抱いている麻子を前に、堤は深いため息をついた。

「麻子さぁ、俺がお前の恋人だってこと、わかってるんだよなぁ？」

「あら、もちろん、わかってるわよ？　だって、堤のこと愛してるもの」

だから、さっさとお茶を入れてちょうだいと宣《のたま》う麻子に、お手上げとばかり、ガックリと肩を落としてキッチンへ向かう堤。

押し出しの強さと強面《こわおもて》が売りの、演劇業界ではちょっと名の知れた辣腕《らつわん》プロデューサーである堤聡史も、恋人の麻子を前にしては、まるっきりの形無しだ。

なにせ自分よりも四つ歳下の麻子とは、学生時代からの長い付き合いである上に、その昔、堤が旗揚げしたアングラ小劇団時代から、美人女優兼脚本家だった彼女には、堤は徹底して頭が上がらないままに今日を迎えているのだから、彼女から顎《あご》で使われる年季の入りようが違うのだった。

「だけど、ホントに早かったんだね？　二次会にも顔を出さないで帰ってきちゃったの？」

堤が入れてくれた熱い緑茶といっしょに、おみやげの穴子の散らし寿司をきれいに平らげた奏は、行儀よく箸《はし》を置いて、コーヒーを飲んでいる麻子に尋ねた。

今夜は麻子が脚本を担当した連続ドラマの撮影終了を祝うパーティーで、平均視聴率三十パ

ーセントを記録したドラマの打ち上げは、都内の高級ホテルを会場に夜の八時過ぎから開かれていて、二次会にちょっと顔を出しただけでも、今日中には帰宅できないだろうと、出かけていく麻子を見送った奏は思っていたのだ。

ましてや、今夜の麻子は、そのエスコート役として恋人の堤を伴っていたから、外泊を決め込まないまでも、バーで一杯くらいやってきて当たり前なわけで、十一時前のこんな早い時間に帰宅した二人に、奏が不審を唱えるのも無理はない。

「ああ、わかった！　また二人してケンカしちゃったとか？」

「バカね、違うわよ」

けれど、茶目っ気たっぷりに小首を傾《かし》げてみせた奏に、麻子は爪の色と同じ色に染めたボルドーの唇に、ニッと悪戯《いたずら》っぽい笑みを浮かべて対抗してきた。

「だって、いつまでも私がパーティー会場にいると、主演女優が霞《かす》んで見えちゃうでしょう？」

確かに、モデル顔負けのプロポーションに、黒髪を緩くシニョンに結った麻子の姿形は、そんじょそこらの女優など、まるで相手にならないほどの艶《あで》やかさで、彼女がパーティー会場においては、誰よりも人目を魅《ひ》くことは明らかなのだが、それにしても、麻子がこういう笑い方をするときには、決まって何か裏があるのを奏は知っていた。

「えーっ、勿体《もったい》ぶらないで教えてよ！」

指を組んだ上に顎を乗せて、楽しげにニヤついている麻子に、奏は身を乗り出した。

果たして、そこに血が通っているのかどうか、思わず確かめてみたくなるほど硬質な透明感に溢《あふ》れた、あたかも高価な磁器のごとく滑らかな素肌。

高貴な繊細さを物語る弓なりの眉《まゆ》と、秀でた白い額。優美なラインを描く鼻筋。僅《わず》かに紅がさして見える口元。

黙って佇《たたず》んでさえいれば、近寄りがたく高貴で繊細な美貌に彩られた奏は、見る者に、非常にノーブルな印象を与えることだろう。

だが、そのフラアンジェリコが描く天使にも似た、美しく繊細な風情《ふぜい》とは裏腹に、実際の奏は神秘的な優雅さとは無縁だ。

男ばかりの四人兄弟の中、ひとりだけ歳の離れた末っ子として生まれた奏は、初対面の相手にこそは、ひどく人見知りな一面を発揮するものの、一旦《いったん》、気持ちを開いてしまうと、驚くほど無防備な子供っぽさを顕《あらわ》にするところがある。

特に、子供の頃からの変わらぬ庇護者である麻子に対しては、実の母親に対する以上に、奏は甘ったれた態度をとってしまうこともしばしばなのだ。

「ねえ、ねえ、麻子ちゃん！」

けれど、もうじき二十一歳という年齢らしからぬ態度で、再度、麻子を促した奏に、答えを与えてくれたのは、意外にも、ひとり手酌でバーボンのグラスを呷《あお》っていた堤だった。

「理由は簡単。高井戸蓮が極秘で帰国してるって、俺が口を滑らせちゃったからだよ」

「ええっ！」

一瞬にして、軀《からだ》中の筋肉を強張《こわば》らせた奏。

それというのも、奏にとって、高井戸蓮という男の存在は――。

「あ、あ、麻子ちゃん…！」

これ以上ないくらいに大きく目を見開いた奏は、震える唇で麻子を呼んだ。

バカみたいに心臓がドキドキしてきて、奏は今にも叫び出してしまいそうだった。

一方、そんな奏の様子に、小さくため息をついてバッグからタバコを取り出す麻子。

「高井戸ったら、足掛け五年も音信不通だったくせに、今更《いまさら》、どのツラ下げて帰ってきてるんだか！　相変わらず勝手な男よね！」

「まぁ、そう言うなよ。アイツは昔から根なし草みたいな男だったんだし、今回、帰国してくれってラブコールを送ったのは、俺の方なんだしさ」

少なからず憤慨している恋人を宥《なだ》めて、堤は麻子の唇に挟まれたタバコに、ジッポのオイルライターで火をつけてやった。

「もっとも、まだ仕事を受けてくれるかどうかは、さっぱり不明のままなんだけどね…」

自分のタバコにも火をつけながら、堤はぼやくように呟《つぶや》いた。

「だいたい、あの傲慢《ごうまん》な俺様男に、果たして昔のヨシミなんて死語が通じるのかどうか、俺には甚《はなは》だ疑問だよ…」

「まぁ、よく言うわよ！　自分だって昔は、高井戸に負けないくらいの俺様男だったくせに！　だいたい、昔のヨシミだけで仕事の話を持ち込むほど、堤聡史は落ちぶれてないんじゃないの？」

わざとらしく気弱な発言をしてみせる堤を、やんわりと牽制《けんせい》する麻子。

そう、ビデオテープが擦り切れそうなほど、奏が繰り返し夢中になっている舞台《デッド・エンド》の演出家兼脚本家である高井戸蓮と、堤聡史、志田麻子の三人は、互いの年齢こそ微妙に違うものの、その昔、堤が旗揚げしたアングラ小劇団《アイコニクス》に、ある時期、三人とも所属していたことがある間柄なのだった。

だが、暫《しば》し昔話に花を咲かせはじめた麻子と堤の声など、奏の耳には少しも入ってはいなかった。

『高井戸蓮が帰ってきてる…！』

身を硬くした奏の頭の中にこだましていたのは、ただ一言、高井戸蓮が日本に帰ってきているという、堤の言葉だけだった。

『高井戸さんが…っ！』

その細く華奢《きやしゃ》な背筋を震わせて、奏は両手で顔を覆った。

閉じた目蓋《まぶた》の裏に交錯して蘇《よみがえ》る、繰り返し見続けた《デッド・エンド》のシーンのひとつひとつ。

やがて、ひどく混迷を深めていく視界の奥に、奏は忘れられない過去の記憶を見た。

そう、あれはもう五年近くも前の話――。

早生まれで、十六歳になったばかりの奏は、高校二年生だった。

過ぎていく毎日に何の疑問も持たない代わりに、日々を生きていくことの意味も目的も考えたことがなかったあの頃――。

おとなしくて、その上、飛びきり愛らしい容姿に生まれついた末っ子の奏は、幼い頃から母親の大のお気に入りで、年頃らしい反抗期のひとつも迎えることなく、高校二年生にまで長じていた。

そう、あの頃、何でも決めるのは、奏本人ではなくてお母様。

父親が大手の法律事務所を営む実家が、経済的にかなり恵まれていたせいもあるのだろう。

歳の離れた兄ばかりが三人いた奏は、四人目には是非《ぜひ》とも女の子が欲しかったという母親の希望のままに、ピアノやバイオリンを習わされ、バレエ教室に通わされ、日本舞踊のお師匠さんの家に連れていかれたときなどは、白塗りに朱い口紅で振り袖を着せられて、すっかり女の子の役柄でおさらい会に出されたほどだった。

けれど、普通なら男の子が嫌がりそうな、そうした習いごとの明け暮れに、奏は特に抵抗を示さなかった。

その言うことにさえ従っていれば、常に機嫌よくいてくれた母親に、すっかり慣れてしまった奏は、ひたすら従順な小羊でいることに、何の疑問も持てなくなってしまっていたのだ。

自分から何かに興味を持つこともなく、自分から何かをやってみたいと思うこともない、ただ母親から与えられた日課を熟《こな》していくだけの、ひどく平穏で退屈な毎日。

ブロンドで碧《あお》い瞳の子供達と遊ぶ息子の姿に憧《あこが》れた母親によって、奏は大使館関係者の子供達が多く通う、麻布十番《あざぶじゅうばん》にある幼稚園に入れられ、更にはアメリカンスクールへ進まされた。

それなのに、兄達と同じように家業を継ぐ法律家となるために、大学は絶対に法科でなくてはならないという、これまた勝手な母親の言い分で、中学二年生になった途端、奏はいきなり有名な超進学校の中等部に編入させられてしまった。

まるで今までの遅れを取り戻すかのように、一切の習いごとをやめさせられ、代わりに日本式の受験勉強を頭に叩《たた》き込むべく、毎日のように何時間もつけられた家庭教師達。

そんな理不尽を押しつけられても、奏が一向に不満を掻き立てられなかったのは、すっかり無気力なモラトリアム人間と化していたからに違いない。

甘ったれて、依存して、ただ日々を淡々と過ごしていれば、それですべてが丸く納まっていたあの頃。

だが、ある日を境に、奏のすべてが一変してしまった。

そう、あれから五年が経とうとしている今も、決して忘れることのできないあの日——。

『高井戸さん…っ！』

閉じられた目蓋の裏で、徐々に鮮明さを増していく過去に、奏は激しい眩暈《めまい》を覚えていたのだった。


その日、奏は従姉の志田麻子に呼び出されて、古い石造りの倉庫を改装して作られた、前衛劇団の芝居小屋の客席にいた。

『やっぱり、制服で来るんじゃなかったな…』

見るからに独特の雰囲気を醸し出している客席の面々の中にあって、有名私立の進学校の制服姿の自分だけが浮いて感じられて、奏はひどく落ち着かなかった。

――奏、絶対に来るのよ！

ほとんど脅迫みたいに下された、強引な麻子の命令。

ほんの赤ん坊の頃から、九つ歳上の母方の従姉である麻子には、なぜか、母親に対する以上に逆らえないでいる奏は、本当は家庭教師について勉強していなくてはならない土曜日の午後を、模試があるからと母親に偽って、麻子が所属する前衛劇団の小屋まで出向いてきたのだ。

もちろん、母親には絶対服従の奏に、そんな悪知恵を授けたのが、麻子であるのは言うまでもない。

それというのも、親戚《しんせき》同士でありながら、お堅い法律一家である秋津の家では、いかにもアバンギャルドなメイクや服装に身を包み、せっかく入った一流大学を中退し、あまつさえ、前衛劇団の女優兼脚本家をしている麻子を、ひどく苦々しく思っていて、溺愛《できあい》する大事な末の息子には、何としてでも近づけまいとしているからだ。

けれど、母親の機嫌を損ねるようなことは絶対にしない奏が、従姉の麻子に対してだけは、母親のお気に召さない純粋な好意を抱いていた。

生き生きと力強く、素晴らしい美人でもある麻子は、母親の支配下から一歩も抜け出せない奏にとって、自分と関わりをもってくれる唯一の異性であり、憧れの女神のような存在だったからだ。

そんな麻子が、絶対の自信作を発表するから観にくるようにと、奏に一方的な電話をかけてきたのは三日前。

正直、奏には、演劇に対する興味もなければ理解もない。

だいたい、以前にも一度だけ観に行ったことがある麻子の芝居は、平凡でおとなしい箱入り息子でしかない奏には、あまりにも難解すぎて少しも楽しめたものではなかったのだ。

それでも、今回のは絶対に一見の価値があると力説する麻子に押し切られて、仕方なく劇場にやってきた奏。

もちろん、その時の奏には、僅か数時間後には、自分の人生が百八十度激変してしまうような出来事に見舞われるなんてことは、想像だにできていなかった。

だが、何の前触れもなく客電が落とされた真っ暗闇《くらやみ》に、忽然《こつぜん》とその男が姿を現した瞬間、奏の心臓は撃ち抜かれたみたいにドクンと音を立てて脈打った。

――我は悪魔！　汝《なんじ》の血と魂を喰《く》らう者！

石造りの壁に反響して、朗々と響き渡った男の美声。

暗いオーラに彩られた漆黒のマントに、見上げる長身を包んだ男の姿は、事実、魔法陣の中央に姿を現わした本物のルシファーのように妖《あや》しく、禍々《まがまが》しいまでに艶やかで美しかった。

烏《からす》の濡羽《ぬれば》色に輝く長い黒髪。血の気を失った蒼白《あおじろ》い素肌の色。鋭利に尖《とが》った十本の爪。

銀灰色に煌く男の鋭い双眸《そうぼう》が、客席のひとりひとりを射抜くように見据えていた。

息を呑《の》んだきり、吐息すら漏らせない猛烈な緊張感。

客席にいる誰もが、その瞬間、舞台に現われた悪魔の虜になっていた。

『こ、これって…！』

まるで瘧《おこり》のように小刻みに震え出す軀。

平坦《へいたん》な無感動に馴《な》れ親しんだ奏にとって、突如として現われた悪魔の姿はあまりにも鮮烈で、心を鷲摑《わしづか》みにされるのには十分すぎた。

生まれて初めて奏が経験する、痛いほどの感動――。

『す、凄《すご》い…っ！』

再び明るくなった客席から、気がつくと奏は、楽屋に向かって夢中で駆け出していた。

何が何でも、あの魅惑のルシファーに、もう一度会いたい――。

猛烈に抑えがたい欲求が、奏の胸の中に激しく逆巻いていた。

「麻子ちゃん！」

少なからず人見知りな奏には、普段であれば、なかなかに敷居が高い楽屋にも、今日は何の躊躇《ためら》いもなく飛び込んでいくことができた。

関係者でごった返す狭い楽屋に、麻子の名を叫びながら、もちろん、奏が捜していたのは、あの長身の黒い悪魔の姿だ。

ところが、夢中で人込みを掻き分けようとする奏と、目的を同じくする人々は意外なほど多かった。

「きゃぁー！　高井戸さぁーん！」

「蓮さぁん、こっち向いてぇ！」

鼓膜を破りそうに甲高く響き渡る、女の子達の声、声、声――。

彼女達が口々に叫んでいる役者の名前が、自分を魅了したルシファーの名前だと奏が知ったのは、ずいぶん後になってからだった。

花束やプレゼントの包みを持った女の子達の群れで、事実上、封鎖状態の楽屋口。

「麻子ちゃん……！」

華奢に生まれついた自分よりも、よほど逞《たくま》しい女の子達の群れに揉《も》みくちゃにされながら、それでも必死に前へ進もうとした奏は、けれど、いきなり足元を掬《すく》われた。

バランスを失って、前のめりに倒れ込んでいく奏の痩《や》せた軀。

将棋倒しとまでは言わないまでも、このまま床に倒れ込んでしまったら、先を争って突進しようとしている女の子達に足蹴《あしげ》にされるのは必至だ。

過去に何度か目にしたことがある、ロックコンサートで圧死した少女のことを伝える新聞記事が、頭の片隅を掠《かす》める一瞬。

「助けて…っ！」

人波の底に沈み込んでいこうとする恐怖に、奏は溺れる者のように、両手で大きく空を掻いた。

だが――。

「おっと、危ない！」

絶望的に落ちていこうとする躯に、激しい浮力がかけられた瞬間。

虚《むな》しく空を掻いたはずの奏の腕は、逞しい男の腕に掴まれていた。

そして、次の瞬間、制服の後ろ襟をむんずと掴まれた奏の躯は、まるで大根を抜くみたいに、女の子達の群れから引き抜かれていた。

「大丈夫か？」

「あ…っ！」

見開いた榛色の瞳に、思い切りアップで迫る、美貌のルシファーの銀灰色の瞳。

あまりにも異様な縮尺で迫る視界に、奏はやっと、自分の躯がルシファーの腕の中にお姫様みたいに抱き上げられていることに気がついた。

『う、うわぁぁ…っ！』

覗き込んできた銀灰色の瞳に、奏はその腕に抱っこされたまま、ほとんどパニック状態で、大きくあげたはずの悲鳴さえも、実際には音にならずに立ち消えてしまった。

もう、まったく信じられない非常事態。

だが、唇を震わせたきり、声も出せない奏とは対照的に、群れをなした女の子達の口から、まるで絶叫するみたいな嬌声《きょうせい》があげられた。

「いやぁー！　怪しすぎぃー！」

後で知ったことだけれど、麻子が書き下ろした今日の舞台のタイトルは、《ラスト・ヴァンパイア》。

主役のヴァンパイアを演じた美貌の高井戸蓮の腕に抱かれた奏の姿は、彼女達の目に、さぞかし倒錯的で煽情《せんじょう》的に映ったに違いない。

なにせ十六歳になったばかりの奏は、アンティークのビスクドールも真っ青なほどの美少年で、きっちりとネクタイを締めた制服姿は、艶《なま》めかしいほど禁欲的に映っているのだ。

美女の純潔と血を求めて彷徨《さまよ》うヴァンパイアの腕に、これほど似合いの背徳の獲物はないだろう。

そして、悲鳴のような嬌声をあげているファンの女の子達の期待を、堤率いる《アイコニクス》の看板俳優である高井戸蓮は、まるで裏切る気がなかった。

まだ舞台を降りたばかりで、メイクも衣裳《いしょう》もそのままだったことが、サービス精神旺盛《おうせい》な高井戸の茶目っ気に、ちょうど火をつけた形だ。

「我は悪魔！　お前の血と魂は、永遠に我のものだ！」

奏を見据えて囁《ささや》かれる、芝居そのままのセリフ。

「ひ…っ！」

こんなことは現実にはありえないことだと、頭のどこかではちゃんと理解しているはずなのに、その妖しい煌きに満ちた銀灰色の瞳に魅入られた奏の背筋を、ゾッとするほど強い恐れが駆け抜けていった。

もう絶対に逃げられない恐怖――。

刹那《せつな》、悪魔の冷たい唇が首筋に触れて、次の瞬間、皮膚を嚙まれる鋭い痛みが、奏の喉《のど》を襲っていた。

『あ…っ！』

声にならない悲鳴と共に、奏の全身をビクンと痙攣《けいれん》させた甘い痺《しび》れ。

まるで本当に血を吸われているような、倒錯した苦痛と悦びが、喉元に歯を立てられた奏の神経を支配していた。

『あぁ…』

意識さえ、一遍に朦朧《もうろう》としてきた奏を救ってくれたのは、芝居でも、自らの呪《のろ》われた血でヴァンパイアの魂を打ち砕いた美女の麻子だった。

「ちょっと、高井戸！　うちの大事な子に、なんてことしてくれるのよ！」

怒声を響かせつつ、天誅《てんちゅう》とばかり、麻子の手で高井戸の肩口に振り下ろされた小道具の杖《つえ》。

「うわっ！　痛いよ、麻子さん！」

オーバーにあげられた抗議の悲鳴と共に、その腕に抱かれた奏を包んでいた、濃厚な倒錯のベールが一挙に跡形もなく姿を消した。

解放するように腕から降ろされた奏は、まるでキツネに摘《つま》まれたような気分だった。

そんな奏を尻目《しりめ》に、集まっている女の子達の群れに軽く愛想を撒《ま》いて、高井戸は開け放たれていた楽屋のドアを閉めにかかる。

「それじゃあね、仔猫ちゃん達！」

ひどく芝居がかって気障《きざ》な仕草で、チュッと音を立てて投げキッスを贈る高井戸に、一際《ひときわ》、華やかな嬌声を響かせる女の子達の群れ。

あたかも幕が降ろされたみたいに、高井戸の手で閉められた楽屋のドアの内側に、奏は図らずも取り残されてしまったかっこうだ。

けれど、場違いな空間に、奏が居心地の悪さを感じる暇もなく、関係者だけになった楽屋の中は、すぐに戦争状態に陥った。

男も女もなく、一斉に衣裳を脱ぎ、カツラを外し、メイクを落とす役者達。

楽屋口のドアを閉めた高井戸も、衣裳のマントを脱ぎ捨て、異様なヴァンパイアを象徴する、銀灰色のカラーコンタクトを外した。

当たり前のことだけれど、コンタクトレンズの下から現われたのは、濡れて煌く漆黒の瞳。蒼白い吸血鬼のドーランの下に隠されていたのは、なめらかな褐色の素肌だった。

『髪は…カツラじゃないんだ…』

まるで外国人のそれのように、緩くウェーブのかかった長い黒髪を、房飾りのついた革紐《かわひも》でひと束ねにしたヘアスタイル。

いや、妖しいヴァンパイアのメイクの下から現われた高井戸の顔は、それ自体、まるで日本人離れしていた。

驚くほど彫りが深く、シャープで野性的な雰囲気を醸し出している横顔。キリリと通った眉のライン。やや官能的に厚い下唇。意志の強そうな顎。黒く煌いている瞳の色さえ、高井戸のは、日本人のそれとは色合を異にしていた。

『ハーフ…なのかな…？』

素晴らしく舞台映えした、見上げるような長身といい、衣裳を脱ぎ捨てた裸の上半身を覆っている、しなやかで逞しい筋肉といい、高井戸の軀つきは、明らかに日本人の体型を逸脱して美しく、羨《うらや》ましいほど均整がとれていた。

男が長髪を後ろに束ねるなんて、一歩間違えればとんでもない時代錯誤な不細工になりかねないのを、女の子達をキャーキャー言わせるような、独特にアバンギャルドな雰囲気を掻き立てる絶好の小道具にしているのも、高井戸が持って生まれた異邦人としての資質があってこそに違いない。

『カッコいい…』

クレンジングでメイクを落とした自分の顔を、無造作にタオルでゴシゴシやっている高井戸の長身を、奏は惚《ほう》けたようにじっと見上げていた。

そして、そんな奏の様子に気づいたのか、高井戸が再びその顔を覗き込んできた。

「ねぇ、キミさぁ、ホントに麻子さんのお手つきなの？」

「えっ…？」

問われた意味がわからず、キョトンとした奏に、茶目っ気たっぷりの笑みを浮かべてみせる高井戸。

「残念だなぁ。麻子さんのお手つきじゃなきゃ、お持ち帰りで喰っちゃいたいとこなのにさ？」

そう言われても、やっぱり意味がわからない奏は、不意に、先ほど、高井戸に咬《か》まれた自分の首筋に手をやった。

喰いたいというのは、つまり、さっきのようなことを意味するのだろうか――。

だが、今、奏の目の前にいるのは、ストイックで妖しい背徳の色に塗り込められた美貌のヴァンパイアではなく、陽気なラテン系の色男とでもいうのか、多分に官能的な軟派男だ。

そう、確かにメイクは落としたけれど、この同じ男が自分の首筋を咬んだヴァンパイアだったとは、とても俄《にわか》には信じられない。

『この人は…いったい…？』

気がつけば、あたかも二つの人格が、目の前できれいに入れ替わってしまったような高井戸の変化に、奏は再び、その榛色の瞳を奪われていた。

まったくの別人になれるほどの演技力というものが、ある種の人間には確かに存在するのだと、生まれて初めて目の当たりにさせられた瞬間――。

何の疑問も持たず、ひたすら母親の言うがままに、自分からは何の目的も持たずに生きていた奏が、自分もそんな風に別人になってみたいと望んだのは、きっと、あの一瞬が初めてだったに違いない。

けれど、驚きと尊敬に満ちた眼差しで、改めて長身の高井戸を見上げた奏は、刹那、とんでもない嵐《あらし》に攫《さら》われていた。

「でも、やっぱり、喰わないでおくには惜しい坊やだ」

多分にニヤけた囁きが、柔らかな栗色の髪を掻き分けて、形のいい耳たぶを掠めていく。

そして、今度、奏が咬まれた場所は――。

『あ…』

息ができないほど軀を拘束する強い抱擁。

その折れそうに細い軀を、逞しい高井戸の腕の中に抱き竦《すく》められた奏は、叫ぶ間もなく唇を奪われていた。

頭の中がショートして、真っ白にスパークする一瞬――。

奪われた呼吸と一緒に、本当に魂を吸い取られて喰われてしまったみたいに、奏の頭の中は空《から》っぽだった。

だから、襲ってきた嵐みたいに乱暴で情熱的な口づけから解放された途端、奏にはなぜ、自分がそんな言葉を口走ったのか、未だに謎《なぞ》のままだ。

それでも、膝《ひざ》から力が抜けて、立っているのも危うい酸欠状態の中で、奏は噛みつくみたいに高井戸に向かって叫んでいた。

「僕、あなたみたいな役者になります…！」

今にして思えば、あれは奏の内に潜んでいた、見知らぬ別人が叫んだ戯言《たわごと》。

だが、淡い桜色の唇から、言葉が宙に向かって迸《ほとばし》った瞬間、それからの奏の人生は一変してしまったのだった。

＊＊＊

足掛け五年ぶりで戻ってきた日本——。

アングラなインディーズもいいところだったけれど、芝居を打てばチケットは即日完売という、業界でも注目を浴びていた人気の小劇団で、一世を風靡《ふうび》する大人気の看板役者を張っていた高井戸が、自らの役者としての才能に限界を感じて、逃れるようにニューヨークを目指したのは、二十二歳のときだった。

そして、いつの間にか二十七歳を迎えている高井戸に、歳月は意外なほど大きなブランクをもたらしていたらしい。

『この街も変わったな…』

夜の街をそぞろ歩く高井戸の胸に去来する、ちょっとらしからぬノスタルジー。

ニューヨークも東京《とうきょう》も、国際的なメトロポリスであることに違いはないが、仲間達と共に学生時代を過ごしたこの街が、既に自分のホームグラウンドでなくなってしまっていることを、高井戸は肌で感じていた。

いや、それとも変わってしまったのは、街が変わったと心の中で呟いている、高井戸自身の方なのだろうか。

だが、もともと、横須賀《よこすか》の基地に赴任していたラテン系アメリカ人の父親と、日本人の母親の間に生まれた高井戸には、日本という国に固執する島国根性が希薄《きはく》なのかもしれない。

実際、ほとんど母親を捨てるようにして帰国したアメリカ人の父親には、正直、憎悪を感じていた頃もあったが、父親の息子に生まれたおかげで、最初からアメリカ国籍を有している上に、言葉にもハンデがなかった高井戸は、驚くほど簡単にニューヨークの生活に馴染《なじ》んだ。

もっとも、長じてからこそは、自分のルックスを武器にも使い、父親譲りの腕っぷしの強さで何事も難なく切り抜けてきた高井戸だが、その幼い頃には、何もかも規格外で悪目立ちする容姿に悩まされて、数々の好奇の眼差しに曝されてきたのだから、最初から日本向きにはできていなかったのだろう。

事実、母親も亡くなってしまった現在、高井戸には里心など無縁な存在で、日本に戻ってくる気など、サラサラなかったのだった。

それが、五年ぶりにこの地を踏みしめることになったのは、もちろん、仕事のオファーがあったからに他ならない。

去年、トニー賞の候補にまでなった、オフブロードウェーとしては異例のロングランを記録している《デッド・エンド》は、脚本から演出までのすべてを高井戸自身が手懸《てが》け、自分の劇団で上演した絶対の自信作だが、どんな称賛も成功も、一旦《いったん》、自分の手に入ってしまえば色褪《いろあ》せて、退屈に感じられてくるのが芸術家というものだ。

そして、世間からの大絶賛に酔い痴《し》れる、ピークを過ぎて倦怠《けんたい》していた高井戸に、新しい刺激となりそうな仕事の話を持ち込んできたのは、日本で《アイコニクス》を主宰していた堤聡史だった。

――《デッド・エンド》じゃない芝居を、日本で演《や》ってみないか？

今はフリーでプロデューサーをしているという堤の話に、高井戸は一も二もなく乗った。

興行すれば、ある程度の成功は間違いなしの、日本のマスコミでも話題になった、異例のトニー賞候補の《デッド・エンド》ではなく、新しい脚本を演らせるという堤の心意気が、高井戸の気に入ったのは言うまでもない。

さすがに主立ったキャスティングには、日本で売れているアイドルやタレントを配すことが決定されていたけれど、若干名は公開オーディションで募るということだったし、何よりも《デッド・エンド》に飽きがきていた高井戸には、新しい脚本を演らせてくれるというのが最大の魅力だった。

「バーボンをロックで」

午後七時を少し回った週末のバー。

今夜の遅い便で、一旦、ニューヨークへ戻って、三ヵ月後の六月、改めて来日して仕事を始動させることになった高井戸は、東京での最後の夜を、ひとりバーで過ごすことにした。

電話すれば、たぶん連絡がとれそうな昔馴染みは何人もいたけれど、どうせ数時間の短い時間を、高井戸は静かに過ごしたかったのだ。

けれど、役者をやめて五年経っても、才能のある人間からオーラは去らない。

黙ってワイルド・ターキーを飲み出した高井戸に、そう混んではいない店中の視線が、すぐに集まってきた。

黒のレザージャケットにジーンズ。白いシャツの襟元から覗くシルバーのネックチェーン。

後ろに束ねるほど長かった髪は、ニューヨークへ移って間もなく切ってしまったけれど、相変わらず烏の濡羽色の見事な漆黒の髪は、短いとは言いがたく無造作に伸ばされている。

そう、カウンターにキャメルの箱を二箱置いて、ワイルド・ターキーのグラスに口をつける高井戸の姿は、ますます日本人離れして、しかし、決して外国人とは言い切れない、微妙な異国情緒を漂わせて、そこだけスポットライトが当たっているみたいに際立っているのだ。

そして、この種の羨望《せんぼう》とも感嘆ともつかない人々の視線に、役者時代から自らの美貌を冷静に分析して理解してきた高井戸は、ひどく慣れていた。

ただ、やはり、ここが日本だと思うのは、失礼なほど視線を送ってきていながら、誰もが遠巻きにして、決して直接、高井戸に誘いかけてこないところだろうか。

『やっぱり、日本は俺向きじゃないな』

取り出したキャメルに火をつけながら、高井戸は誰か適当なのが声をかけてこないものかと、多少なりとも期待していた自分に、微《かす》かな苦笑を覚えていた。

基本的には来る者を拒まず、去る者を追わずをモットーに、誰からも縛られずに人生を悦《たの》しむことを旨とする高井戸は、決まった相手となかなか長続きできない。

そんな高井戸が、手っ取りばやく次の相手を探すのは、だいたい、この手のバーやクラブなのだが、遠巻きに珍獣でも見るみたいに眺められているのでは、何ともラチがあかない。

興味があるのなら、素直に手をあげてもらって、そうでないのなら、不躾《ぶしつけ》に舐《な》め回すような視線を、物欲しそうにいつまでも送ってくるのは勘弁してもらいたい。

火遊びを悦しむには、何といっても、ノリとタイミングというものが大切なのだ。

『まぁ、いいさ。今夜には発つっていうのに、わざわざこっちから声をかけてまで、悦しむ必要はないしな…』

たまには一人で気楽なのもいいと、二本目のキャメルに火をつけて、高井戸はバーテンダーにワイルド・ターキーのおかわりを促した。

ところが――。

「隣、いいかな？」

唐突にかけられてきた澄んだ男の声に、高井戸は一瞬、どうしたものかと逡巡《しゅんじゅん》した。

明らかにソッチ系のバーで飲んでいるわけでもないのに、平気で男が男に声をかけてくるなんて、日本もずいぶん変わったもんだと感じる一方で、できれば女の方がありがたかったという、勝手な願望が頭を過《よ》ぎったからだ。

けれど、顔をあげた瞬間、高井戸の願望は白紙に戻っていた。

『これは…！』

本人を目の前に、思わず口笛を吹いてしまいそうになるほどの美人。

職業柄、女優やダンサー、モデルなど、多くの美女達を目にする機会も少なくない高井戸の目にも、隣に立った男の姿は素晴らしく美しかった。

東洋人独特の高貴な象牙《ぞうげ》色の素肌。絹糸のように柔らかそうな栗色の髪。不思議な光彩を放つ榛色の瞳。華奢な作りだけれど、決して弱々しさを感じさせない、少年のような軀つき。

いいや、実際、高井戸の前に立っているのは、男というよりは、少年のイメージに近く、潔い

ほど凛《りん》とした雰囲気が実に神秘的で、ノーブルという言葉を、あたかも体現しているかのようだ。

貞操観念が欠如した、自らを快楽主義に忠実なカサノヴァと認める高井戸をして、思わず見惚れてしまいそうな美人。

こんな風情の美人に「隣はいいか」と尋ねられて、首を横に振る男が、いったいどこの世界にいるだろうか。

「どうぞ」

逸《はや》る気持ちをグッと抑えて、高井戸はできるだけ何気なさを装って、短く答えた。

なにせ、ここは五年ぶりに帰ってきた日本で、この美味《おい》しい展開を、ニューヨークのバーで起こる内容と同じに捉《とら》えてよいのかどうか、今一つ、高井戸には自信が持てない。

やる気十分で誘ったら、男同士で何を考えているんだと、逆ギレでもされたら、それこそ笑うに笑えない状況に陥ってしまう。

案の定、隣に腰を落ち着けた美青年は、それきり一言も発せず、黙ってカルヴァドスのリキュールを、飲もうとするでもなく見つめている。

さて、これからどうしたものか――。

隣を気にしつつ、次なる行動に躊躇《ちゅうちょ》している高井戸は、まるでさっき、自分自身が嫌悪した、物欲しそうな視線だけを他人に送る臆病《おくびょう》な不躾者と同じだ。

『まいったな…』

自らの愚行に苦笑を覚えて、高井戸は欲望に素直になることにした。

「悪いけど、時間がないんだ。その気があるんなら、いっしょに出よう」

実に単刀直入で、ムードもへったくれもあったもんではなかったけれど、事実、飛行機の時間がある高井戸には、悠長に獲物を捕らえる罠《わな》を悦しんでいる暇はなかった。

それに、いくら好みの美人だからといって、飢えた狼《おおかみ》でもあるまいし、特に不自由もしていない高井戸としては、名前も知らない相手との一回コッキリのアバンチュールに、さっさと白黒をつけてしまいたかったのだ。

ところが、身も蓋もない高井戸の誘いに、美青年は小バカにした笑みを僅かに浮かべた。

「高井戸蓮ともあろう男が、ずいぶんとお粗末な誘い方をするんだね？」

「——…っ！」

ズバリ、自分のフルネームを言い当てられた高井戸が、らしからぬほどギョッとさせられたのは言うまでもない。

「それとも、そういう誘い方で十分だって、僕が安く見られちゃったってことなのかな？」

「お前、いったい…」

「そんな、お前は誰だって聞かれて、すぐに名乗っちゃうようなシナリオ、駄作でしょう?」

そう言って、この上もなく優雅な仕草で、カルヴァドスのグラスを左手に持った。

「お前…」

どうやら自分の素性についても、いくばくかは知っているらしい青年に、高井戸はほんの少し表情を険《けわ》しくした。

しかし、青年の方では、そんな高井戸の様子を余裕で楽しんでいるようだ。

「どうせ、今夜はニューヨークに帰るんでしょう? 飛行機の時間までの暇つぶしに付き合わされるほど、悪いけど、僕は安くないんだ」

言うやいなや、青年はカルヴァドスのグラスを一気に呷った。

「三ヵ月後、縁があったら、また会いましょう」

空になったグラスを高井戸の手に握らせて、青年は僅かに目を細めて笑みを浮かべると、ゆっくりカウンターを後にした。

まるで白昼夢にでもあったような感覚――。

その後を追うこともできずに、カウンターに座る高井戸の手の中に、謎の美青年が残していった、濃密な林檎《りんご》の香だけがたゆたっていた。

＊　＊　＊

「ああ、もう！　そんなんじゃ、全然ダメ！　ただ黙っていれば、それで神秘的ってもんじゃないのよ！　もっと間の取り方を考えて！　自分の動きやセリフに、もっと想像力を働かせるのよ！　アンタの頭はカボチャじゃないんでしょう？」

矢継ぎ早に飛んでくる麻子《あさこ》のダメ出しに、奏《かなで》は戸惑いを隠し切れずに動きを止めた。

けれど、そんな奏に、情け容赦ない麻子の檄《げき》が飛ばされる。

「ほら、そこで立ち止まらない！　役者が舞台で立往生してどうするの！」

平素は際限もなく奏を甘やかし、可愛がるだけ可愛がる麻子の、常とはまるで違う、プロの演出家としての厳しい顔。

苦り切った手厳しい注意が飛ばされる度に、自尊心を痛く傷つけられて、奏は正直、泣きたくなるほどの情けなさに駆られるのだが、渋る麻子に、この厳しさを求めたのは、他の誰でもない奏自身だ。

このくらいで泣き出すくらいなら、最初から奏は、一世一代の覚悟を決めたりはしなかった。

《奏也《そうや》》――そう、この一ヵ月というもの、奏は気が狂ったみたいに緊張して、その生活のすべてをかけて、《奏也》というただ一つの役作りに没頭しているのだ。

「《奏也》！」

「ねぇ、あんまり怒ると、せっかくの美人が台無しだよ?」

長い脚をソファーに組んだ格好で、きつく眦《まなじり》を上げている麻子に、奏は背後から回り込んで近づくと、そっとその耳元に囁《ささや》いた。

その肩口から麻子を覗《のぞ》き込んで、神秘的に煌《きらめ》く榛《はしばみ》色の魅惑の眼差し。ストイックな口元に浮かべられた、誘うように微《かす》かな笑み。

奏の内側から、まったくの別人が顔を出した瞬間――。

ダメを出す麻子にきつく突っ込まれて、オロオロと立ち尽くしていた奏の姿は、もうどこにも見当たらない。

代わりに出現したのは、恐ろしくミステリアスな雰囲気を身に纏《まと》った、摑《つか》み所なく完璧《かんぺき》な妖《あや》しさを誇る《奏也》だ。

「ねえ、麻子ちゃん?」

艶然《えんぜん》とした笑みを浮かべる《奏也》に、さすがの麻子もハッと目を見張る一瞬。

「そう！　その調子よ、奏！」

ところが、確かな手応えに麻子が瞳を輝かせた途端、奏の全身をオーラのように覆っていたコケティッシュなベールは、跡形もなく消え失せてしまっていた。

「ホント！　麻子ちゃん？」

滅多に褒めない厳しい演出家の賛辞に、子供みたいに瞳を輝かせている奏は、テストで百点をとった小学生みたいな屈託なさで、わくわくしながら麻子を見つめている。

「もう、奏ったら…」

顔の作りは同じだというのに、どうしてこんなにも人が変わってしまうのか——。

半分は呆《あき》れながらも、麻子は猛烈に頭が痛かった。

飛び切り愛らしくて素直だけれど、人見知りで不器用なところのある、麻子にとっては大のお気に入りでもある従弟《いとこ》の奏が、ある日突然、それまで言いなりだったママに、一大レジスタンスを起こして、コトもあろうに役者になると言い出したのは五年前。

まるで隷属的とも言えるほど、母親に対して従順極まりなかった十六年間の仇《あだ》を討《う》つかのように、奏は突如として猛烈な抵抗の反旗を翻した。

高価なお人形のように愛らしく、おとなしいばかりだった奏のいったいどこに、あんなにも激しく情熱的な一面が潜んでいたのかと、あのときの麻子はずいぶんと驚かされたものだ。

そう、すべての発端は高井戸蓮《たかいどれん》——。

純真無垢《むく》な無菌培養のようだった奏にとって、初めて触れた高井戸蓮の毒は、あまりにも危険で鮮烈すぎたのだ。

　当然のことながら、将来は弁護士か検事にと、その職業を決めてかかっていた溺愛《できあい》する末息子の反乱に、母親は驚き激怒したが、奏は敢然とすべての反対を振り切って、高井戸蓮のような役者になるという、自らのレジスタンスを遂行した。

　結果、高校を中退した挙げ句、勘当されたも同然に家を飛び出すこととなった奏の身元を、そうなるきっかけを与えてしまった責任上、引き受けることになってしまった麻子。

　だが、あれから五年が経つ現在となっても、奏が役者になったとは言いがたい。

　なぜなら、あたかも血を吸われた犠牲者が、吸血鬼を恋い求めるように高井戸蓮を求めて、麻子と同じ《アイコニクス》に籍を置いた奏は、しかし、役者としての第一歩も踏み出せないままに、いきなり躓《つまず》いてしまった。

　カリスマ的な魅力を誇る看板役者の高井戸蓮が、まるで奏の追従から逃げるかのように《アイコニクス》を退団して、突然の渡米を果たしてしまったからだ。

　もともと、プロ指向が明確になりつつあった幹部連中と、あくまでもアンダーグラウンドでいることに固執した一派との間に存在していた亀裂《きれつ》は、劇団の要《かなめ》でもあった看板役者の高井戸蓮を失ったことで一気に表面化した。

《アイコニクス》は結局、奏が所属して三月も経たないうちに、空中分解して解散してしまい、奏はその出発点からいきなり、高井戸蓮という目標とともに、その活動の拠点となるべきホームグラウンドまで失ってしまったかっこうだ。

以来、小さな劇団をいくつか転々としながら、それでも役者になる夢だけは捨てずに、奏が過ごしてきた五年間。

その類《たぐ》い稀《まれ》な容姿から、どこへ行ってもちやほやと持て囃《はや》されはするものの、結局、人寄せパンダかアイドルのように扱われるばかりで、演劇の基礎訓練はおろか、学芸会で舞台に立った経験もない奏には、当然のことながらロクな役も与えられず、生来の人見知りな一面も災いしてか、いつしか劇団員達の輪から外れて孤立していく傾向にある奏は、現在、《アイコニクス》の解散から数えて七つ目になる小劇団を、ほとんどクビになりかけている。

これだけの美貌があれば、いっそモデルに転向するか、テレビで顔を売る手もあるというのに、なぜか奏は、頑《かたく》なに舞台に固執して譲ろうとしない。

頑なな態度を貫く奏のネックになっているのが、五年前に出会った高井戸蓮にあるのは、麻子の想像に難くない。

「ねぇ、奏」

絹糸のように柔らかな奏の栗《くり》色の髪に、麻子は指を差し入れた。

「やっぱり、やめましょうよ、こんなこと。あなたにとっても、どうせ無駄でしかないはずよ」

けれど、優しく諫《いさ》めようとした麻子から、奏はスッと避けるように身を引いた。

「無駄じゃないよ」

「奏…」

「これで最後にするって決めたんだ。お願いだから、協力してよ、麻子ちゃん。僕には麻子ちゃんしか、頼る人いないんだから…」

麻子を見つめる、捨てられた仔犬のように拗《す》ねて、頼りなげに揺らめいている榛色の瞳。

やっている本人には、まったく自覚がないらしいが、母性本能と庇護欲をダイレクトに刺激する、こんな甘ったれて可愛らしい瞳で見つめられたら、いったい誰が心を鬼にすることができるだろうか。

「もう、ホントに仕方ないんだから…」

「麻子ちゃん！」

折れてくれたのに大喜びして、麻子の細い首に抱きつく奏。

「但《ただ》し、あれから五年も経ってるんだから、高井戸の好みが変わってないって保証は、どこにもないんですからね！」

けれど、釘《くぎ》を刺そうとした麻子に、奏は屈託のない笑顔で応えた。

「ああ、それなら、たぶん大丈夫。だって、麻子ちゃんのシナリオどおりに演《や》ったら、高井戸さん、おもしろいように食いついてきたから」

さっきまでの頼りなげな仔犬の顔が、嘘《うそ》のようにケロリと明るい奏の笑顔。

人見知りでシャイなくせに、突如として、猫の目のようにクルクルと表情を変える、末っ子ならではの甘ったれた気ままさは、奏の冴《さ》えた美貌にはアンバランスで、どこか拍子抜けさせられる反面、その意外性が新鮮で魅惑的に映る。

『ああ、まったく、困ったもんだわねぇ…』

ひどくなってくる頭痛に、麻子はこめかみを押さえた。

それというのも、奏が麻子に頼んできたのは、とある小さな復讐《ふくしゅう》劇のシナリオと、その主人公を完璧に演じ切るための演技指導だったからだ。

もちろん、主人公となる《奏也》を演じるのは奏で、《奏也》が復讐する相手は高井戸蓮。

今から一ヵ月前、高井戸蓮がニューヨークから突然の帰国を果たしたとき、五年間、まるで鳴かず飛ばずの役者生活を送ってきた奏は、ある一つの復讐劇を思い立った。

どんな手を使ってでも、高井戸蓮の心を鷲《わし》摑《づか》みにして、思い切り翻弄《ほんろう》した挙げ句、一言も告げずにその前から姿を消す。

そう、永遠に——。

とはいえ、そんなことが、高井戸蓮にとっては、何の復讐にもならないであろうことは、奏自身がいちばんよく知っていた。

だいたい、高井戸蓮には、奏に復讐されるような落ち度は、何一つとしてないのだ。

つまり、これは単なる逆恨み——。

けれど、十六歳だった自分の首筋に牙《きば》を立て、その毒でいいだけ人生を狂わせておきながら、自分はさっさと渡米して、五年間も音信不通のまま、毒に冒されて彷徨《さまよ》う奏を放ったらかしにした吸血鬼に、奏はどうしても一矢報いてやりたくなった。

それが甚《はなは》だ身勝手な逆恨みであろうと、とにかく奏は、高井戸蓮という男に、どうしても自分という人間が存在していることを、何か特別な方法で、その脳裏にはっきりと刻み込んでやりたいと思ったのだ。

そして、そのために奏が演じる、高井戸を食いつかせる餌《えさ》となる《奏也》——。

「本当に、これで最後にするのね？」

こめかみに手をやったまま、麻子は奏に念を押した。

「うん、それは約束する」

生真面目にコックリと頷《うなず》く奏に、麻子は苦笑いを浮かべた。

一ヵ月前、せがむ奏に押し切られて、ショットバーでの一場面を演出してやった時点で、既に麻子はこの幼い復讐劇の片棒を担がされてしまっているのだ。

「失敗しても、後悔しない？」

「うん、後悔してもいいから、とにかく、これで最後にしたいんだ。高井戸蓮に囚《とら》われて、ひとりでバカみたいに立ち止まって過ごすのはもうたくさんだよ」

確かに、高井戸蓮に触発された挙げ句、結局は目標となる彼自身を見失った奏は、事実上、この五年間を棒に振って、無為に過ごしてしまった感が否めない。

そして、いつの間にやら二十歳を越えてしまった今、そうした中途半端に鬱々《うつうつ》とした日々から脱却したいと望む奏の気持ちは、麻子にもよく理解できる。

五年間という長い時間の流れを断ち切って、新たな方向に一歩を踏み出すには、奏なりに何かを成し遂げなくては、とても自分自身と決着がつけられないのだろう。

「失敗しても、成功しても、この復讐劇が終わったら、頭の中をリセットして、先のことをちゃんと考えるよ。このまま役者を続けるか、それとも、諦《あきら》めてサラリーマンになるか――」

「奏ったら…」

「どっちにしても、僕だって、いつまでも麻子ちゃんに食べさせてもらってるわけにはいかないもんね」

真摯《しんし》に麻子を見つめる、魅《ひ》き込まれそうに深い榛色の瞳。

本人は真剣らしいけれど、役者がダメだからといって、こんな綺麗《きれい》な子に、今更、平凡なサラリーマンなんかが務まるはずがない。

麻子にしても、本音を言えば、一生だって手元に置いて、食べさせてあげるのは一向に構わないと思っているのだが、そんな風に甘やかしてばかりいては、いずれは大事な奏がダメになってしまうのは目に見えている。

奏が高井戸蓮に囚われた五年間にケリを付け、新しくやり直したいというのなら、誰よりも可愛い従弟のために、麻子は喜んで、一肌でも二肌でも脱いでやろうというものだ。

「それじゃ、せいぜい高井戸好みの《奏也》を創《つく》って、堤の《アイコニクス》を崩壊に追い込んだアイツに、たっぷり意趣返しと洒落《しゃれ》込みますか？」

「麻子ちゃん！」

そのボルドーの唇に、ニッと悪戯《いたずら》な笑みを浮かべてくれた美しい共犯者の首に、奏は再び抱きついた。

身勝手な復讐劇のはじまり――。

高井戸蓮との再会のときは、二ヵ月後に迫っていた。

＊
＊
＊

「おい、何だってそんなにご機嫌なんだ？　鼻の下が伸び切ってるぞ、お前」

ビジネスクラスとはいえ、長すぎる飛行時間を持て余すだけの機内に、いささかうんざりしはじめていたレオン・ヴァルドマンは、自分の隣の席で、気味が悪いほどニヤニヤと楽しげな笑みを浮かべ続けている高井戸蓮に向かって、ついに口火を切った。

ニューヨークのオフブロードウェーで、新進気鋭の脚本家兼演出家として脚光を集めるようになった高井戸と、ふとしたパーティーで知り合ったのは四年前。

今ではその才能と将来性の高さに惚《ほ》れ込んで、自ら蓮のエージェント兼マネージャーを務めるレオンだが、仕事以外においては、高井戸蓮という男がどうしようもなく軟派な遊び人で、手に負えないカサノヴァ崩れだということを、親しい友人として、レオンは他の誰よりも知っている。

高井戸がその甘いマスクに似合いのニヤけた笑みを浮かべているときには、だいたい、ロクでもないことを考えているに違いないのだ。

「言っておくけど、いくらその気になったからって、キャビンアテンダントのお姉さんを、ギャレーで押し倒すのはよしてくれよ。こんな逃げ場のない機内で、面倒はごめんだからな」

「ハッ！　これだからお堅いドイツ系は！」

「ふん！　柔らかすぎるラテン系に言われたくないね！」

緩くウェーブのかかった黒髪を、伸ばし放題にしている自分とは対照的に、短く刈り込んだ混じり気のないブロンドの前髪を軽く指先で払って、その行動に釘を刺してきたレオンに、少し大げさに肩を竦めてみせる高井戸。

しかし、たぶんに淫《みだ》らなその口元に、レオンが言うようなニヤけた笑みが浮かんでいるとしても、それは決してブルネットにブルーアイズのコントラストが美しいキャビンアテンダントの女性に、不埒《ふらち》な食指が蠢《うごめ》いたからではない。

『俺がニヤついていたって？』

レオンとの会話を打ち切って、読みかけの雑誌のページを捲《めく》る振りをしながら、高井戸はひどく愉快だった。

J・F・ケネディ空港から成田《なりた》まで、およそ十二時間半。あと五時間もしないうちに、高井戸はまた日本の土を踏むだろう。

思えばこの三ヵ月というもの、高井戸はこの日が訪れるのを、ずいぶん心待ちにしていたような気がしてならない。

もちろん、新しい仕事に取り組むときには、いつだって創造欲と好奇心を刺激されて気持ちが高揚するものだが、今の高井戸の心を占めているのは、旧友でもあるプロデューサーの堤《つつみ》聡史《さとし》の招きで、これから三ヵ月間を費やす予定になっている新作の舞台についてではなく、ひどく個人的な回想と興味だった。

――三ヵ月後、縁があったら、また会いましょう…。

高井戸の耳に、今も鮮やかに残る、涼《すず》やかな声音。

そして、あの時のカルヴァドスの香り――。

たったあれだけのことで、再び東京《とうきょう》を訪れたからといって、高井戸が、あの謎《なぞ》めいて美しい青年と出会える確率は、いったいどのくらいあるというのか。

けれど、高井戸は、自分でも不思議なくらい、あの夜の青年のことが忘れられずにいた。

何者にも執着せず、来る者は拒まず、去る者は追わずを通してきたはずの高井戸。

それが、たった三十分にも満たなかった青年との接触が、三ヵ月も経った今も忘れられないとは――。

『おかしなもんだぜ』

らしくもない自らに苦笑を覚えながら、それでも、あの青年との再会を、心のどこかで待ち望んでいる自分自身に、高井戸は呆れるしかなかった。

確かに、あの青年は滅多にないほどの美人ではあったけれど、その気になって捜してみれば、ニューヨークには、もっと凄《すご》い上玉がいないとも限らない。

不埒《ふらち》なカサノヴァで鳴らしてきた高井戸蓮ともあろう男が、あんな思わせ振りなだけの美青年に、何だってこんなにも心がときめいているのか。

いや、思わせ振りだっただけで、実際には何もなかったからこそ、高井戸はあの青年を忘れられないのか。

いずれにしても、高井戸らしくないこと、この上もないこの現実。

『まいったな』

堪《こら》えようとしても、どうしようもなく込み上げてきて、不埒なその口元から溢《あふ》れ出てきてしまう笑みを、高井戸は噛《か》み殺そうとして失敗した。

なるほど、レオンの言うとおり、今の自分は鼻の下が伸び切っているに違いないと、高井戸は思った。

ヘビースモーカーの高井戸には、辛《つら》すぎる空の旅も、余すところ、あと四時間十五分。

ニヤけた自らの顔を映す飛行機の小窓を覗き込んで、高井戸は照れ隠しのように、その艶やかな黒髪を掻《か》き上げたのだった。

少し老朽化しているのが玉に瑕《きず》だけれど、広さだけは十二分にある、飴《あめ》色に磨き込まれたフロアリングのワンルーム。

ベッドと机と椅子《いす》があるだけの殺風景なこの部屋が、三ヵ月間、堤が高井戸のために用意してくれた根城だった。

「レオンには、右隣の部屋を借りてある。自炊もできるけど、どうせお前は、そんなことしないんだろ?」

迎えにきてくれた空港から、部屋まで案内してくれた堤にそう言われて、高井戸は軽く肩を竦めて窓辺に歩み寄った。

マンハッタンの夜景とまではいわないものの、少し高台に建つマンションの五階から見る風景は、なかなか悪くない。

騒がしいグリニッチ・ビレッジの雑踏の音が響いてこない分、少し寂しげに感じられはするけれど、酒を飲みながら脚本の手直しをするにはちょうどいい静けさだ。

それに、ベッドがキングサイズなのも、長身の高井戸にはありがたい。

だが、窓際からベッドの方に視線を送った高井戸に、堤は渋い顔をしてみせた。

「いくらベッドが広いからって、仕事そっちのけで、取っ換え引っ換え連れ込むのはよしてくれよな?」

単にベッドを見ていただけで、何とも失礼な指摘をされたものではあるが、昔馴染《むかしなじ》みの一言には、反論しがたい説得力がある。

それが証拠に、脇《わき》で聞いていたレオンまでもが、堤の言葉に肩を震わせて笑いを噛《か》み殺している。

『はいはい、どうせ俺は、身持ちの悪い女ったらしですよ!』

声には出さずに口の中でそう呟《つぶや》くと、高井戸は再び小さく肩を竦めて、上着のポケットにキャメルを探った。

予定では、明日はさっそくスタッフ、キャストとの顔合わせ。夜にはスポンサーとの会食。それと並行して、いくつかの脇役《わきやく》と、主役級の三役について、もしものときの代役を立てておくために、数日中にはオーディションを開かなくてはならない。

なにせ、高井戸に許された時間は、泣いても笑っても、あと三ヵ月。

それも最後の三週間については、既に幕が開いてしまっている計算だから、本番までのすべての準備を、正味、二ヵ月ちょっとで完璧に推し進めなくてはならないのだった。

「それで、オーディションはいつやるんだ?」

「来週のアタマ、月曜日の午後からだ。脇役はともかくとして、メインの三役については、明日顔合わせをする連中と、なるべく似たような背格好のを選んでくれよ。まぁ、よっぽどのことがない限り、代役が舞台に出ることはないが、三役の中でも、特に三國伊知郎《みくにいちろう》は売れっ子で忙しいから、稽古《けいこ》では代役に場繋《ばつな》ぎしてもらうことも少なくないだろうからな」

ゆっくりとキャメルの紫煙を吐き出しながら尋ねた高井戸に、堤がシステム手帳のページを捲りながら答えた。

「まぁ、ブロードウェーと勝手が違って、腹の立つこともあるだろうが、日本ではまだまだ、アイドルや人気タレントを使わないことには、無名の新作舞台のチケットを、三週間分も完売するのは難しくてね。とはいえ、主役の一人に起用した三國伊知郎は、絶対に高井戸好みだ。それは俺が保証するよ」

「ふぅん？」

堤の説明に、気のない返事をしながらも、既に手元に送られてきていた資料で確認済みの三國伊知郎は、なるほど、高井戸好みの美青年ではある。

何しろ三國伊知郎には、死神に命を狙《ねら》われる美少女を護る、気高い守護天使の役どころを演じてもらうのだから、顔はもちろん、その立ち居振る舞いまでもが美しくあってもらわねば、話にならないのだ。

その点、資料の写真を見る限り、三國伊知郎は十分に合格ライン。それに、モデル出身で、既に二度の舞台経験があるというプロフィールから推し量るに、舞台を動き回るセンスが、そう悪いとも思えない。

実際に会ってみないことには、何とも言えないが、余程のことでもない限り、堤の言うとおり、オーディションで選んだ代役に、出る幕はないに違いなかった。

それでも高井戸は、オーディションというものに、常々、密《ひそ》やかな楽しみを抱かずにはいられない。

意外なところで、新たな役者を見いだすのは、演出家の醍醐味《だいごみ》というものだし、よほど気持ちを動かされる才能に出会えたなら、高井戸は自らの脚本に手を入れて、その魅力を引き出す瞬間に立ち合いたいとさえ思っている。

高井戸にとって、舞台は侵しがたく自分だけの支配下にある聖域であると同時に、出演する役者達とともに作り上げる、生きた瞬間の連続でもあるのだった。

「月曜日が楽しみだよ」

まだ見ぬ出会いに思いを馳《は》せて、高井戸は楽しげにキャメルの紫煙を吐き出した。

安定した興行収入の見込みと、何かとうるさいスポンサーの手前、既に高井戸が口を差し挟めなくなっている主役級のキャスティングと違い、高井戸の一存だけで、どうとでも決められる脇役の顔触れ。

そして、思いもよらない魅力的な役者との出会いを夢見た高井戸に、実際、オーディションは運命の遭遇をもたらすこととなったのだった。


やがて、多少の時差ボケに悩まされつつ、高井戸が日本に着いて五日目――。

堤が集めてくれたスタッフはもちろん、キャスティングの方も、予想外にグレードの高い面々が揃《そろ》っていることに、高井戸はかなり機嫌をよくしていた。

実際に顔を合わせてみた三國伊知郎は、写真で見る以上に食指を動かされる美青年だったし、彼に護られる美少女役の青木真奈美《あおきまなみ》は、グラビアアイドル出身という割りには、児童劇団に長く所属していた経歴があるそうで、発声の基礎ができている上に、舞台での勘も悪くない。

それからもう一人、守護天使と対を張る死神には、最近でこそテレビドラマへの出演が目立つものの、もともとは叩《たた》き上げの舞台出身者だという、実力派の江崎竜二《えざきりゅうじ》が起用されていたから、少しばかり新鮮味に欠けるとはいえ、最初から文句のつけようもないのだった。

「意外とまともじゃない？」

台本の読み合わせに入った初日、多少の不安を抱えつつ、部屋の隅から様子を窺《うかが》っていたレオンも、予想外に好調な滑り出しを見せた現場に、安堵《あんど》の笑みを浮かべて、高井戸にそう耳打ちしてきた。

実際、いくら客寄せパンダになるからといって、あまりにも使えないアイドルなどがキャスティングされていた場合、普段はちゃらんぽらんな遊び人のくせに、こと舞台に関してだけは、生半可な妥協を許さない高井戸が、キレて吠《ほ》え出すだろうことは必至で、そのエージェント兼マネージャーを務めるレオンとしては、十中八九、プロデューサーやスポンサー側との調整に奔走させられるだろうことを覚悟していたのだ。

だが、この分でいくと、高井戸が稽古中に起こすであろう怒りの嵐《あらし》も、恐れをなすほど大型のものにはならないかもしれない。

「これならオーディションで、必死になって代役を確保しておく必要もないんじゃないの？」

正にレオンの言うとおり。

だいたい、最初から主役三人の人気を当て込んだ舞台なら、もしも誰かが降板となった場合、その時点でスポンサーや所属事務所の対応が変わってきて、万が一にもその代役を、無名のオーディション役者で幕を開けるなんてことは不可能だ。

つまり、脇役の選考はともかくとして、主役三人の代役については、最低限の保険程度の意味合いしかもたず、堤もはじめに言っていたとおり、他の仕事の都合で現場入りが遅れるかもしれない売れっ子達のために、稽古の代役を確保しておく程度のオーディションということになってくる。

そんな、役者にとっては面白みも何もないオーディションに、高井戸が期待しているような、滅多にない逸材との出会いなど、そうそうあるとも思えない。

『時間の無駄ってことか…』

レオンの耳打ちに頷《うなず》きを返しつつ、自らの期待が裏切られる公算の大きさに、暫《しば》し落胆のため息をついた高井戸。

しかし、翌日の午後に行なわれたオーディションは、高井戸の予想に反して、驚くほどの賑《にぎ》わいを見せた。

「千四百二十一通だって！」

まず、全国から送られてきたという、オーディションへの応募総数に、高井戸は顎《あご》が外れそうなほど驚かされた。

実際に有名な舞台への出演がかかった、ブロードウェーのオーディションにだって、なかなかこんなには、申し込みの数があるものではない。

ましてや、今回の選考は、数えるほどしかセリフもないような、エキストラに毛が生えた程度の脇役が五つと、それに主役級とはいえ、事実上、稽古のみでの代役を決めるだけのオーディションでしかないというのに、何だってこんなにもたくさんの応募があるのか。

けれど、ある一定の舞台経験者のみという篩《ふるい》にかけても、尚《なお》も二百人近い応募者が残った今回のオーディションには、実はそれなりの訳があった。

つまり、それは、高井戸が知らないところで展開されていた、プロデューサー堤の戦略の賜《たまもの》。

そう、思い起こせば三ヵ月前、この仕事の契約のために短期の帰国を果たした高井戸は、堤のお膳立《ぜんだ》てで、いくつかの雑誌や新聞の取材を受けた。

そして、高井戸が日本を離れていた間に掲載された、それらの記事は、驚くほど日本国内で脚光を浴びて、様々に取り沙汰《ざた》されたのだという。

——新進気鋭！　日本人初のトニー賞候補となった、オフブロードウェーの鬼才！——

各紙面に躍った、いかにも日本人の心をくすぐる権威主義への憧《あこが》れと、それをオフブロードウェーで成し遂げたという反骨の精神とが、微妙に綯《な》い交ぜになった独特の煽《あお》り文句。

いくつかの女性誌にデカデカと掲載された、抜群のルックスを誇る高井戸蓮の顔写真が、ニューヨークで活躍する新進気鋭の演出家に対する人々の興味を猛烈に掻き立てる、何よりの材料になったのは、もちろん言うまでもない。

かくして、記事の終わりに申し訳程度に書かれていたオーディションの予告に、全国からバカみたいな数の冷やかしの応募が寄せられたわけで、そのことがまた、三國伊知郎に引っかけた芸能ニュースで紹介されたりしている。

『相変わらず、喰えないヤツだぜ』

自らの肖像権も、ギャラに上乗せして交渉しておくべきだったと、今更、高井戸が思ってみても、すべては後の祭りだ。

まったく、たいした経費もかけずに、効果的な前評判をメディアに流した堤の腕前は、誠に天晴《あっぱれ》としか言いようがないのだった。

だが、それにしても限られた時間で、膨大な人数のオーディションを行なうのには、自ずと限界がある。

ましてや、応募者のほとんどが、物見高さに踊らされただけの冷やかしときては、時間をかけるだけ無駄だという感が、どうしたって否めない。

結局、二百名ほどもいる応募者を、一回に五人ずつ並べては、セリフの一つを言わせるわけでもなく、ただ纏《まと》めて面接するだけの形となったオーディション。

こうなってくると、パッと見の第一印象だけが勝負になってきて、然したる役どころを決めるわけでもないオーディションは、人数の半分も消化した頃には、正直、選考する側は、思い切りダレて、まるでやる気を失ってしまっていた。

「何だか好みのタイプに丸をつけてるだけで、これじゃ、まるで美人コンテストの投票だな?」

「こんなこと続けて、何か意味があるのかよ?」

「いっそ、今夜、付き合ってくれないかって、口説いてみるのはどうだ?」

「それで、犯《や》らせてくれた子に、役をやるって言うんじゃないだろうな?」

相手にはわからない英語での囁き合いとはいえ、不謹慎にもそんな会話をレオンと交わし合うほど、高井戸は無意味で形式的なだけのオーディションにうんざりしていた。

灰皿に堆《うずたか》く積み上げられたキャメルの吸い殻。

入れ替わり立ち替わり、高井戸達の前に置かれた五つの椅子に腰掛けたオーディション志願者は、既に百人を超えていた。

『ああ、もう、たくさんだぜ!』

苛立《いらだ》ちに、新しいタバコに火をつけようとした高井戸は、けれど、次の瞬間、軀の真ん中を、稲妻が駆け抜けていったような、強い衝撃に見舞われていた。

『あ…っ!』

声にならない叫びをあげて、思わず我が目を疑う一瞬。

新しく入ってきた五人のいちばん後から、この上もなく優雅な足取りで登場したのは——。

高井戸は息を呑んだ。

もう二度と会うことは難しいだろうと、八割がたは諦《あきら》めながらも、三ヵ月もの間、どうしても忘れられず、あまつさえ、飛行機の中では脂下《やにさ》がって、ニヤつきさえしてしまった対象が、今、高井戸の目の前にいる。

かなりの美形だと満足したはずの、三國伊知郎の顔が霞んで思えるほど、ノーブルに整った、それでいてコケティッシュで華やかな美貌。

どこかしら挑発的にさえ感じられる、美しいアーモンド型の縁取りの中に煌く榛色の瞳。秀でた額から、理想的なラインを描いて隆起する鼻梁《びりょう》の繊細さ。

高井戸の鼻先を、あるはずのないカルヴァドスの香りが駆け抜けていく一瞬——。

「おい…っ！」

衝動に負けて、思わず立ち上がってしまった高井戸は、しかし、そこでハッとした。

軽く顎を突き出した格好で、思わせ振りに醒《さ》めた眼差しをこちらに向けているのは、確かに三ヵ月前、あのショットバーに忽然《こつぜん》と姿を現わした謎の美青年だ。

だが、こうして再び出会ってしまえば、目の前にいる青年の、どこが謎だというのだろうか。

——三ヵ月後、縁があったら、また会いましょう…。

高井戸の耳に今も残る、あのいかにも思わせ振りなセリフも、青年が誰かに取り入る隙《すき》を狙う、チャンスに飢えた役者だというのなら、単に奇を衒《てら》っただけの虚仮威《こけおど》しでしかない。

落ち着いて考えてみれば、高井戸のフルネームを知っていたことといい、三ヵ月後に再び日本に戻るのを知っていたことといい、すべては青年が業界関係者に近い存在であることを、如実に物語っているではないか。

『俺は踊らされてただけってことか！』

これ見よがしな態度に気を魅かれ、あまつさえ、その思惑どおりに青年との再会に胸をときめかせていた自分が、高井戸は猛烈に腹立たしくなってきた。

おまけに、青年は高井戸のことなど、まるでその眼中にないかのように醒めた態度だ。

『クソ…ッ！』

思わず椅子を蹴《け》って立ち上がっていた高井戸は、小馬鹿にされたような苛立ちに、ドッカと音を立てて椅子に座り直した。

いつもは来る者は拒まず、去る者は追わずを旨とする高井戸が、今はツンと澄ました青年の整った美貌から、腹を立てながらも視線を外せないでいる。

高井戸を襲う、常とは違う新鮮な感覚と、それとは裏腹に、胸の奥からフツフツと沸き起こってくるコケにされた悔しさ。

そんな高井戸の気持ちを知ってか知らずか、隣に座っていたレオンが、口笛を吹く口真似《くちまね》をして、高井戸の耳元に囁いた。

「凄い美人だ！」

もちろん、レオンのブルーアイズが捉えているのは、小憎らしいばかりの例の美青年だ。

「うーん、これだけの美人が相手なら、お願いするのも悪くないな」

いつもは軟派に走りたがる高井戸に、面倒を嫌ってブレーキをかけようとするのが、珍しく色事に対して積極的な発言をするレオン。

そんなからかいの笑みを含んだ囁きを耳にしながら、たぶん高井戸は、ひとり素知らぬ振りを決め込んでいる青年の澄ました横っ面《つら》に、一矢報いる爪を立ててやりたくなったに違いない。

「だったら誘えよ！　三人で犯《や》ろうぜ！　どうせ男娼《だんしょう》崩れだろ？　端役のひとつもくれてやれば、尻《しり》でも口でも、好きなだけ犯《や》らせてくれるさ！　食えない役者が軀を売って稼ぐのは、ショービジネスの世界じゃ、珍しいことじゃないからな！」

不用意に熱くなって、らしくもない侮蔑《ぶべつ》の言葉を、声を荒らげて吐き捨てる高井戸。

「おいおい、えらく過激だな？」

いくら相手にわからない英語で話しているとはいえ、あまりにも露骨で悪意に満ちた、何とも高井戸らしからぬ物言いに、レオンが目を丸くして驚いている。

だが、いささか子供じみた八つ当たりのような高井戸の発言は、思いもよらない事態を招いた。

「うっ、うわぁ――っ!?」

突如として、高井戸の頭上から滝のように流れ落ちてきた水。

目の前に座ったオーディションの五人を無視して、尚もレオンとの不埒な会話を繰り広げていた高井戸の上に、ドッと音を立てて降り注いできたのは、頭上で逆さにされたペットボトルの水だった。

「英語で喋《しゃべ》ってれば、日本人には何もわからないとでも思ってた?」

机の端に浅く腰掛けた格好で、片手で逆さにしたペットボトルを、高井戸の頭上に高々と掲げ持っているのは、もちろん、奏、いや、《奏也》だ。

「外国人恐怖症で、英語で話しかけられたら、ヘラヘラ愛想笑いを浮かべてるだけが日本人じゃないんだってこと、よく覚えておいた方がいいよ、高井戸さん?」

醒めた蔑《さげす》みの眼差しで、濡れた高井戸を見つめたまま、空《から》になったペットボトルを床に投げ捨てる奏也。

「言っておくけど、アイドルが茶番劇をやるような、くだらない舞台の端役なんかに、最初から興味はないよ。僕がこのオーディションを受けにきたのは、高井戸蓮、アンタにもう一度会いたかったからさ。だけど、やっぱりアンタは僕のことを、その程度の安っぽい人間だと思ってたみたいだね？」

高井戸の鼓膜を打つ、小気味よく嫌味のスパイスが効いた、完璧な発音の英語。

「また会えるのを楽しみにしてたのに、高井戸蓮が、顔がいいだけのつまんない男で残念だよ」

驚きのあまり、ひと言も返せずにいる高井戸に、思い切り冷ややかな口調で言うだけ言うと、奏也は浅く腰掛けていたテーブルから、軽やかに身を翻した。

そのまま、振り返りもせず、真っすぐにドアを出ていく、すっきりと潔い奏也の後ろ姿。

「おい…っ！」

呆気《あっけ》にとられつつも、気がついたときには高井戸は、自分がレオンや堤といっしょに着いていた横長のテーブルを、ひらりと飛び越えて、その後を追っていた。

「おい、待てよ！」

廊下の真ん中あたりで追いついた青年の肩に、高井戸は後ろから手をかけて振り返らせた。

瞬間、高井戸の掌《てのひら》に伝わってきた、驚くほど華奢で儚《はかな》げな青年の薄い肩の感触。

『あ…』

掌の中で折れてしまうのではないかという思いに、ひどく戸惑いを覚えつつも、高井戸は振り返った青年の、魅き込まれそうに深く冴《さ》えた榛色の瞳から、目を離すことができなかった。

息もできないほどに、互いの瞳を見つめ合う一瞬――。

永遠に続くかとも思えた緊張の刹那を破ったのは、高井戸だった。

「――名前は…？」

「《奏也》」

その淡い桜色の唇が、自らの芸名を告げた瞬間、高井戸は《奏也》が張り巡らせたささやかな復讐劇の罠に、完全に落ちていたのだった。

＊　＊　＊

見た目には、ひどく怠惰で暇な毎日――。

オーディション会場でのひと騒動の後、奏は、いや、奏也は主役の一人である三國伊知郎の代役の座を、意外にもゲットしてしまった。

だが、麻子のシナリオに従って応募はしたものの、実際、その言葉どおり、高井戸の視線を再び釘づけにすることができれば、端役と代役のためのオーディションの結果になど、正直、何の関心もなかった奏にとって、これは、いわばタナボタ。

とはいえ、この幸運は、素直に喜んでいいものかどうか――。

確かに、この三ヵ月間というもの、奏は自分の人生を狂わせた高井戸蓮に一矢報いてやるべく、その好みのど真ん中を衝《つ》くミステリアスな美青年《奏也》となるべく、麻子の猛特訓に、文字どおり血の滲《にじ》む思いで耐えてきた。

十六歳で高井戸蓮に出会って、役者を志して以来、奏がひとつの役にこんなにも必死で取り組んだのは、たぶん、これが初めてに違いない。

そもそも、どこの劇団に所属しても、いつの間にか浮いた存在として持て余されてしまってきた奏には、これまで取り組めるような役がロクについた経験がなかったのだ。

果たして、そんな奏が長時間にわたる仕事場で、ましてや、その道のプロである高井戸を前に、《奏也》を演じ切れるものかどうか――。

奏にとって、正に毎日の一分一秒が緊張の連続だった。

しかし、奏の心配は、幸か不幸か、今のところは杞憂《きゆう》に等しいらしい。

それというのも、稽古に入って二週間、仕事をしている間の高井戸は、ただ黙っているときにも舞台に集中していて、周囲の雑音に気を取られるようなことはないからだ。

そして、奏はといえば、遅刻気味ながらも、何とか稽古には顔を出してくれている三國伊知郎のおかげで、ほぼ出る幕もないままに、日々、稽古場の隅っこを暖め続けている。

「あ、太陽だ…」

梅雨《つゆ》の合間に訪れた、久し振りの雲の切れ間――。

古い稽古場の最後部、何枚も積まれているマットレスの上に陣取って、奏はいくぶん怠惰に壁ぎわにもたれかかった格好で、夕暮れ時の窓から差し込んできた西日に、榛色の美しい瞳を細めた。

真っすぐに伸びた脚を投げ出したマットレスの上には、形ばかり渡されただけの台本。

奏と同じように、美少女役の青木真奈美と、死神役の江崎竜二の代役に起用された他の二人は、最初こそは興味津々で稽古場に詰めていたが、まるで自分達の方など見向きもしない高井戸蓮に落胆して、今週に入ってからは、稽古の開始時間に顔だけ出すと、後は適当に外へ抜け出して時間を潰《つぶ》しているらしい。

超売れっ子の三國伊知郎と違って、青木真奈美と江崎竜二は、この舞台をメインに絞って仕事の調整をしているから、二人の代役には、稽古に於《お》いてさえ、お呼びがかかる可能性は皆無なのだから仕方がない。

「夕陽《ゆうひ》に微睡《まどろ》むアドニスか。美人は何をしてても絵になるな」

暇に任せて、いつの間にやら、眠気に誘われていた奏は、唐突にかけられてきた男の声にハッとさせられた。

壁ぎわにもたれかかった奏を、とびきり甘いカサノヴァの眼差しで覗き込んでいるのは、言わずと知れた高井戸蓮だ。

「そんな、近親相姦《そうかん》から生まれて、最後は猪《いのしし》に突き殺された美少年に準《なぞら》えられても、嬉《うれ》しくも何ともないよ」

突然のことに、思わず素に戻って動揺してしまいそうになった自分を何とか誤魔化して、奏は殊更《ことさら》に不機嫌を装った。

仕事中には、奏の方など見向きもしない高井戸が、こうしてちょっかいをかけにきたからには、少し早いが、今日の稽古が終わったということだろう。

そして、そんなつれない態度の奏に、軽く肩を竦めてみせる高井戸。

『なるほど？　ギリシア神話にも通じてるってわけだ？』

アドニスといえば、愛と美の女神アフロディーテに愛された、美少年の代名詞として有名ではあるものの、ケクプロス一族のキニュラスが、その娘であるミュラとの間にもうけた禁忌の息子であり、狩猟好きが高じるあまり、猪に突き殺されるという、悲惨な最期を遂げたことを知る者は、意外と少ない。

その美貌を褒めそやされても、照れたりはにかんだりせず、さり気なく知的な切り返しで応酬してくる奏也に、高井戸は滅多にない手応えを感じて、煌くオニキスの瞳を細めた。

冴えた外見に見合って、知的でシニカル。

普段は自ら獲物を追うことをしない高井戸が、忘れかけていた熱いハンターの血を、カッと身内に呼び覚まされる一瞬――。

何よりも、その誘いにホイホイ乗ってこない奏也のつれなさが、堪らなく高井戸の欲望を刺激して魅力的だ。

「それじゃ、今晩、猪の代わりに、俺が奏也を突き殺してやろうか？」

不埒にニヤけた誘いをかけた高井戸に、案の定、醒めた一瞥《いちべつ》を浴びせかける奏也。

「調子のいい人だね、高井戸さん。僕があなたに腹を立ててるの、忘れたの？」

「だからお詫《わ》びに、死ぬほど悦《い》い思いをさせてやりたいんだけど？」

「ラテン系の男って、最低だね！」

「そう？　俺とひと晩過ごした連中は、みんな最高って言ってくれてるけどね？」

多分に淫らな笑みを浮かべてニヤつく高井戸に、奏也は思い切り呆れた侮蔑を込めて、肩を竦めてみせた。

「頭じゃなくて、下半身で話をするような男に用はないよ」

「あ、おい！　奏也、台本！」

素気なく去っていこうとする奏也の背中に、高井戸はマットレスの上に忘れられた台本を手に、少し慌てて声をかけた。

そんな高井戸の方を、バレエダンサーのように優雅なターンで振り返った奏也。

「茶番劇の端役や代役に興味はないって言ったの、忘れた？」

クスリと人を小馬鹿にした笑みを浮かべて、奏也は再び美しくターンを切って去っていく。

高井戸蓮の書き下ろしの新作シナリオなら、喉から手が出るほど欲しいという業界人も少なくないというのに、奏也のあの醒めた態度といったらどうだろう。

日本人初のトニー賞候補にもなり、オフブロードウェーで大ヒット中の《デッド・エンド》以来の高井戸蓮の新作を、コトもあろうに茶番劇と、平然とこき下ろすのは、業界広しといえども、秋津奏也だけに違いない。

『チクショウ、絶対、手に入れてやるぜ！』

爪を立てられたプライドが、高井戸の闘争心を痛く煽り立てる。

そういえば、物見高い冷やかしが大多数だったとはいえ、千四百通以上の応募を集めたオーディションで、いちばんの目玉と言っても過言ではない、三國伊知郎の代役に抜擢してやったときにも、奏也はありがたがるどころか、ニコリともして見せなかった。

いや、むしろ迷惑そうだった、あのときの奏也の風情《ふぜい》。

ニューヨークでは役欲しさに、或いはコネ欲しさに、露骨にアピールして高井戸に擦り寄ってくる連中も少なくないというのに、高井戸からのアプローチに迷惑顔で応えるとは、いい根性ではないか。

『クソォ……！』

あの、人を小馬鹿にして、ツンと澄ました美人顔を、淫らな欲情と汗で汚してやりたい。あのノーブルな桜色の唇に、浅ましく高井戸を求めるセリフを吐かせてやりたい。そして、もう許してくれと、身も世もなく泣いて縋《すが》るほど、メチャメチャに犯して辱《はずかし》めてやりたい。

少なからずサディスティックで、暗く危険な欲望が、高井戸の胸に熱く込み上げてくる。

そう、こんな風に袖《そで》にされるからこそ、狩人は逃げようとする獲物を仕留める瞬間の快感に溺《おぼ》れ、その血に飢えるのだ。

「ふぅん、彼、なかなか手強いね？　男も女も手当たり次第のカサノヴァが、まるっきり形なしじゃない？」

台本を手に、憮然《ぶぜん》として立ち尽くす高井戸に、レオンがニヤニヤしながら話しかけてきた。

「ああ、だけど、ラテン系が最低っていう意見には、俺も賛同できるかな？」

「ふん、大きなお世話だ！」

掻き立てられる苛立ちは、そのまま、高井戸らしからぬ奏也への執着心であり、独占欲だ。

まったく調子が狂って、腹立たしい限りだというのに、なぜだか妙にワクワクと騒がしく躍っている高井戸の胸のうち。

『アイツめ、今に見てろよ！』

我知らず楽しげな笑みを、その官能の口元に浮かべて、高井戸は奏也が残していった台本を手に、稽古場を後にしたのだった。


一方、稽古が跳ねると、一目散に家に飛んで帰った奏は、麻子の膝にしがみつかんばかりに詰め寄って、今日一日の出来事を、それこそ一言一句漏らさぬ綿密さで報告していた。

「そう、なかなかいいわよ。八十点をあげてもいいデキだわね」

「ホント？　今日はぼんやりしてたところを不意打ちだったから、何だかとっても焦っちゃって、あんなセリフ、口走っちゃってよかったのかどうか、すっごく心配だったんだよね」

麻子から高い合格点を貰《もら》えた奏は、やっと胸を撫《な》で下ろすことができた。

実際、唐突に声をかけられて、ハッとしたときには、もう高井戸の甘いマスクがすぐ目の前にあったから、必死に取り繕いはしたものの、《奏也》の仮面を被《かぶ》り切れなかった最初の一瞬は、《奏》として言葉を発していたような気がして、奏はひどく不安だったのだ。

「だけど奏、そろそろ気をつけなくちゃダメよ」

「え？」

「そろそろ二週間でしょ？　稽古があるから、一日の接触時間は短いけど、それだけ毎日焦らされてたら、さすがの高井戸も、いい加減、熱くなってる頃だから、くれぐれも立ち位置や間合いに気をつけてね。間違っても、二人っきりのときに挑発しすぎちゃダメよ？　アンタ、運動神経はいいから、とりあえずは大丈夫だとは思うけど、さすがに実力行使で高井戸に押し倒されたりしたら、逃げられないでしょ？　レイプされちゃったりしたら、洒落にならないんですからね」

「レ、レイプ…」

「そうよ、奏みたいなお子ちゃま、高井戸に襲われたら一巻の終わりよ。あっと言う間に裸に剝《む》かれて、いいだけ突っ込まれてお仕舞いね」

「つ、突っ込まれるって…」

空恐ろしい麻子の言葉に、奏は神妙な顔つきで押し黙った。

確かに、アドニスに引っかけた今日の遣り取りでも、高井戸から似たようなことを言われはしたが、実体験がまったくない奏には、正直、自分がどういう状況に陥るのか読み切れない。いや、実態がよくわかっていないからこそ、奏は何の恐れもなく、平然と高井戸を遣り過ごしていられるのかもしれない。

だが、高井戸の征服欲を満足させるような既成事実が、何一つとして存在していないからこそ、その執着心が自分に向けられているのだという理屈は、奏の幼い頭にも理解できる。

巧く思いどおりにならないからこそ、苛々《いらいら》して目が離せないということは、つまり、裏を返せば、少しでも意のままになった途端、《奏也》に対するすべての興味は、高井戸のうちからきれいさっぱり失われるということだ。

「どうすればいいの？」

膝に縋《すが》って、仔犬のような瞳で自分を見上げている奏に、麻子は小さく肩を竦めた。

「とにかく、何度も言ってるように、高井戸には、何が何でもプラトニック路線を貫くことね。誰でも彼でも、速攻でベッドへなだれ込んでお楽しみってパターンが当たり前のカサノヴァには、肉体関係なしの清い駆け引きっていうのが、堪らなく魅力的なはずなんだから」

「だ、だけど、もし、押し倒されちゃったら？」

「その時は五年間の恨みを込めて、アイツの股間《こかん》でも、思い切り蹴り上げてやるのね？」

「そんなぁ…」

まるで無責任な麻子の答えに、奏は今にも泣き出しそうな情けない表情を浮かべた。

いざとなった場合、あまりにも体格差がありすぎる高井戸の腕から、奏が逃げ出せる確率なんて、ほとんどゼロに等しいに違いない。

十六歳の昔、あの楽屋で初めてキスされたときだって、抱き竦められた高井戸の腕はびくともしなくて、逃げ出すどころか、奏には身動きすることすらままならなかったではないか。

「麻子ちゃぁん」

けれど、ベソを掻きはじめた奏に、麻子はすぐに意地悪の手を弛《ゆる》めてくれた。

「よしよし、いい子だから泣かないの。可愛い奏を、高井戸なんかの餌食《えじき》にさせるわけないでしょう？　何があっても、アタシ達がアイツの毒牙《どくが》から守ってあげるから、奏は《奏也》に成り切ることだけ考えてなさい」

けれど、そう言って、優しく奏の髪に指を差し入れた麻子に、その背後から異を唱える声があった。

「ちょっと待った、麻子！　そのアタシ達っていうのは何だ、アタシ達っていうのは！」

声を荒らげて二人の間に割って入ってきたのは、麻子の恋人であり、新進気鋭の高井戸蓮をニューヨークから招いたプロデューサーでもある堤聡史だった。

「あら、堤ったら、アタシ達っていったら、アナタとアタシに決まってるじゃない？」

「麻子ぉ…」

ケロリと言ってのける麻子に、絶望の声をあげる堤。

「冗談じゃないぞ！　だいたい、お前ら、俺の仕事を何だと思ってるんだ！　高井戸のヤツに一泡吹かせてやろうなんて、俺は絶対に、お前らの悪巧みに協力なんかしないからな！」

だが、ひとり必死のレジスタンスを試みようとした堤のシュプレヒコールは、麻子の前に、無残にも打ち砕かれてしまった。

「まぁ、今更、遅いわよ、堤」

勝ち誇った笑みを浮かべる、鮮やかなボルドーの唇。

そう、麻子の言うとおり、今になって堤が無関係を主張したところで、すべては後の祭り。

なぜなら、最初のきっかけを作った、あのショットバーでの一幕を演出するに当たって、飛行機の時間までをどこで過ごすと予想されるかなど、高井戸についての必要な情報を提供したのは、他の誰でもない、麻子の甘い追及に破れた堤自身なのだ。

「今になって降板しようなんて、つまり、それはアタシと別れたいってことよ?」

「麻子ぉ…」

「アタシは本気よ?　さぁ、どうする?」

可愛い奏の頭を膝の上に抱いて、ニッコリと特上の笑みを浮かべて脅迫を囁く美人シナリオライターに、いったい誰が逆らえるだろうか。

「ううっ…」

強面《こわおもて》で通った敏腕プロデューサーも、凶悪な女王様を前にしては、まるっきりの形なし。

「決まりね?」

ボルドーの唇に、再び極上の笑みが浮かべられた瞬間、麻子が脚本を担当し、《奏也》が主役を務める復讐劇での、堤の配役が決定したのだった。

＊　＊　＊

多くの業界人の溜《たま》り場になっている、どこかしら秘密倶楽部《クラブ》めいて妖《あや》しい空気を漂わせた深夜のショットバー。

なぜか人も疎《まば》らなバーカウンターに一人、ひどくアンニュイな雰囲気を身に纏《まと》いつつ、頬杖《ほおづえ》をついた奏《かなで》は、オーダーしたラスティ・ネイルのグラスの縁を、その白く繊細な指先でゆっくりとなぞっていた。

透けるように滑らかな、高貴な磁器のような素肌に映える、淡いオリーブ色のシルクのシャツから僅《わず》かに覗《のぞ》く、艶《なま》めいて白い喉元《のどもと》。

バカラのグラスの縁をなぞる自らの細い指先に視線を注ぎながら、気怠《けだる》い手持ち無沙汰《ぶさた》に、微《かす》かに弛《ゆる》んだ淡い桜色の唇から漏れ出る、しめやかな吐息の欠片《かけら》。

ここがルネサンスのベネチアかフィレンツェだったら、ラファエロもベッリーニもフィリッピも、挙《こぞ》って麗《うるわ》しの大天使の絵を描きに、その足元に平伏して集うに違いない美貌の風情《ふぜい》に、遠巻きにしながらも、店中の視線が舐《な》めるように注がれている。

正に冒しがたく神秘なベールに包まれた、少し毒のある美貌の大天使。

だが、独特に張り巡らされた威光に、誰もが声をかけることはおろか、いくぶん思わせ振りに空《あ》けられている、ガブリエルの隣の席に座ることを躊躇《ちゅうちょ》させられている。

どこかしら、人待ち顔のようでもあり、誰にも邪魔されない孤高の静けさにたゆたうようでもある麗人の隣に、果たして誰が座るのか――。

『鬱陶《うっとう》しいな…』

けれど、多分に不躾《ぶしつけ》な好奇の視線を、麻子《あさこ》によって完璧《かんぺき》に訓練された《奏也《そうや》》のバリアーでシャットアウトしながら、奏はまったく別のことを考えていた。

生き馬の目を抜くニューヨークのショービジネスの世界で、新進気鋭の呼び声も高い演出家兼シナリオライターでもある高井戸蓮《たかいどれん》が、敏腕プロデューサーの堤聡史《つつみさとし》の招きに応じて、その書き下ろしの新作である《終焉《しゅうえん》のラブ・アフェア》を引っ提げて、二度目の来日を果たしてから、やがて一ヵ月。

台本の読み合わせから、いくぶん緩やかなペースで始まった稽古《けいこ》は、今や熱の入った立ち稽古に移ってきている。

そんな練習を、相変わらず稽古場奥のマットレスの上から、怠惰に暇を持て余した《奏也》

を装いながら眺めている奏。

だが、醒《さ》めた眼差しでぼんやりと、所在なく時間を潰《つぶ》している演技とは裏腹に、身に纏った《奏也》という鉄壁の鎧《よろい》の下で、奏は日々、猛烈に心を掻《か》き乱され、激しく懊悩《おうのう》させられていた。

――もう一度！

声を荒らげて怒鳴りつけるのとは違う、けれど、凛《りん》と張り詰めた美声が、広い空間を震わせて響き渡る度に、稽古場全体に走る心地よい緊張感。

もちろん、表面上は麻子の演出どおり、奏は芝居に無関心を装い、退屈を持て余した振りをしている。

けれど、役者を引退して五年が経つというのに、少しも衰えることなく、いや、年を経てますます魅惑的な艶《つや》を増した感のある高井戸の声を耳にする度に、奏は全身に鳥肌が立つほどの官能に曝されて、思わず芝居に見入ってしまいそうになる自分を抑えるのに、四苦八苦している日々。

『あぁあ、三國伊知郎《みくにいちろう》のヤツ、風邪でもひいて休めばいいのに…』

万が一にもそんな事態に陥れば、役者としてはまったく無能な自分自身の化けの皮が剝《は》がれてしまうのを百も承知で、奏はついついそんなことを考えてしまう。

オフの時には、あれこれと慣れた態度でちょっかいを出してくるくせに、稽古がはじまった途端、後ろのマットレスの上で暇を持て余している奏になど、目もくれずに稽古に集中する高井戸の、あの冴《さ》えた黒い瞳《ひとみ》が、自分の上にだけ注がれるとしたら——。

そう考えただけで、痺《しび》れるような妖しい陶酔感が、奏の胸の奥を熱く走り抜けていく。

『高井戸さん…』

危うく溢《あふ》れ出てしまいそうになる切ない吐息を、奏はラスティ・ネイルで飲み下した。

稽古場で注がれる熱い眼差し。小気味よく役者の動きに割って入る、鋭い演出の声。役者をじっと見据えて指導する、厳しく引き締まった精悍《せいかん》な横顔。

そう、間近で接するようになった高井戸蓮の、なんと魅惑に溢れて輝いていることか。

——いいこと、奏？　高井戸蓮の演劇人としての才能になんて、僕は一切興味ありませんて態度を、死んでも取り続けるのよ！

麻子のシナリオに従って、あくまでもやる気なく、三國伊知郎の代役の身でありながら、渡された台本さえも、いらないとばかり、奏は高井戸に突き返してしまった。

だが、たった一度だけ目にした高井戸蓮の舞台での艶姿《あですがた》に、その後の人生をすっかり狂わされてしまった奏にとって、その迸《ほとばし》るような魅力と才能から目を離すのは、土台、無理な注文でしかなかった。

――早いうちに機会をみて、こんな台本、高井戸のヤツに突っ返してやるのよ？

そうすれば、才能ある新進気鋭の演出家として、役者の卵達から下心見え見えのアプローチをしょっちゅう受けているであろう高井戸にとって、その素っ気なさが新鮮に映ると同時に、普段は軟派でいい加減な色事師を気取りながら、その実、仕事に関しては頑固な自信家である高井戸の、山よりも高い鉄壁のプライドに、忘れがたい引っ掻き傷を残してやれるはずだからと言った麻子。

その目論《もくろ》みに従って、まるで気のない振りで、高井戸に台本を返してしまった奏だが、実を言うと、貰《もら》った台本はコピーして、穴が開くほど読み込んだそれは、既に奏の頭の中に焼きついている。

実際、他の仕事の忙しさにかまけてか、立ち稽古に入った未だに台本が手放せず、セリフの順番を間違えることもしばしばという三國伊知郎なんかよりも、後ろのマットレスの上で惰眠《だみん》を装っている奏の方が、よほど完璧《かんぺき》に舞台を把握しているに違いない。

とはいえ、奏が舞台に立つことは絶対にありえない。

三國伊知郎の代役を務めるのは、あくまでも《奏也》なのだ。

『ふっ…』

けれど、密《ひそ》やかなため息が、その淡い桜色の唇を衝いて出そうになった瞬間、新たな登場人物が舞台に登場した。

「ラスティ・ネイルか。初めて会ったときのカルヴァドスといい、綺麗《きれい》な顔に似合わず、意外と酒豪なんだな？」

背後から響いてきた甘いバリトンに、奏はハッとした。

振り返って、わざわざ確かめてみるまでもなく、声の主は高井戸蓮。

当然だ。なぜなら、麻子から指令を受けた堤が、このショットバーを舞台とすべく、裏から手を回して、さり気なく高井戸を誘導したのだ。もちろん、堤自身が表に出ることなく――。

そして、背後に立つ高井戸を、奏が振り返るまで、僅かに三秒。

ゆっくりと小首を傾《かし》げるように振り返ったとき、奏は完璧な《奏也》の仮面を被《かぶ》っていた。

「そんな、迷惑そうな顔することないだろ？」

気怠げに、カウンターに頬杖をついたまま斜めに振り向いた奏也の、相変わらずいかにも醒めた眼差しに、高井戸は小さく肩を竦めた。

白いシャツに黒のレザーパンツ。襟元から覗く褐色の肌に映える、ごついシルバーのクロスを革紐《かわひも》に通したチョーカー。

羨《うらや》ましいほど均整のとれた長身に、緩くウェーブのかかった艶やかな黒髪の高井戸は、そこに集うほとんどが業界人という、少なからず妖しげなバーの中にあっても、一際《ひときわ》、人目を魅《ひ》いて美しく艶やかだった。

きっと奏本人だったら、棘《とげ》のある迷惑顔どころか、間違いなく見惚れて、ポォッと頬《ほお》を赤らめてしまうに違いない高井戸のセクシーな艶姿。

けれど、今の奏は、麻子の演出という鉄壁の鎧を身に纏った《奏也》だ。

「同じものを二つ」

空《から》になった奏也のグラスを指して、バーテンダーにそうオーダーすると、何の断りもなく自分の隣のスツールに腰を下ろしてきた高井戸に、奏也は僅かに眉《まゆ》をひそめた。

しかし、そんな奏也の素っ気なさこそが、高井戸の情熱に火をつける。

「一杯くらい、奢《おご》らせてくれてもいいだろう？　酔わせてモノにするのは無理そうだってことは、もう立証済みなんだからさ？」

そう言って、高井戸はバーテンダーに差し出されたグラスを、乾杯するように軽く上げた。

高価なカットグラスの中で、深く香り立つスコッチ・ウィスキーとドランブイ。

吐息のような笑みを浮かべて、奏也は熟成された琥珀《こはく》色の酒に口をつけた。

実際、アルコールに強い体質に生まれついたらしいのは、《奏也》を演じる奏にとって、ありがたいことであり、頼りになる小道具でもあった。

なにせ、呷《あお》った酒に赤くなったり、咽《む》せたりしているようでは、とても日が落ちてからの高井戸を攻略するのは不可能だ。

「それで？　ひとりで飲んでる男に、酒を奢る男のココロは？」

「ズバリ、下心」

「ずいぶん直球なんだね？」

速答してきた高井戸に、奏也は呆《あき》れたように首を竦めてみせた。

「あなたみたいなフェロモン垂れ流しの色男なら、わざわざ僕を誘わなくたって、引く手数多《あまた》の選り取り見取りじゃないの？」

「ま、それは確かにそうなんだけどね」

その軟派なルックスに似合いの、ひどくしょった高井戸の物言い。

「今のは一応、嫌味のつもりだったんだけど」

けれど、非難を込めてそう言ってはみたものの、奏也自身、高井戸のセリフが単なる自信過剰の勘違いではないのを知っていた。

事実、この四週間というもの、奏が目にしたり耳にしたりしているだけでも、高井戸の周りには、なんと華やかに女や男が群れていることか。

そして、コトもあろうに高井戸は、主演の一人である三國伊知郎に手を出したらしい。

その私生活は不埒《ふらち》で不道徳でも、仕事に対してだけは厳しく、一切の妥協を許さないプロフェッショナルだと、麻子や堤から聞かされていた奏にとって、高井戸の所業は、少なからずショッキングなものだった。

だが、完璧なプロとしての割り切りを持っているからこそ、高井戸にとって、役者と真剣勝負で向き合うのは舞台の上だけで、そこから降りた瞬間、ただの男に戻るのかもしれない。

「どうせ、可愛い伊知郎くんと待ち合わせなんでしょう?」

「だったら、どうだって言うんだ?」

「二兎《と》を追う者、一兎をも得《え》ずって諺《ことわざ》、覚えておいた方がいいよ」

「ああ、でも、俺の場合、二兎を追って、三兎を得てきたんでね」

事実そうだったのかもしれないけれど、あくまでもしょった態度を崩そうとしないドン・ファンに、奏也は呆れて苦笑を漏らした。

追っ付け三國伊知郎も現われることだろうし、堤という新たなバックを得た今、奏也としても、ここらで高井戸に対するガードをほんの少し弛めてもよい頃《ころ》だろう。

麻子の演出どおり、奏は第二段階へ進むべく、その口元に初めて魅惑の笑みを浮かべた。

「まったく、高井戸さんには負けるよ」

「そう?　俺は摑めない奏也に、負けっぱなしだけどね」

「嘘《うそ》ばっかり」

ニッと悪戯《いたずら》っぽい笑みで応える高井戸に、奏也は小さく肩を竦めた。

微妙に駆け引きめいて、小気味よいばかりに展開する、会話のテンポと絶妙の間。

『こんな手応えは久しぶりだぜ』

小憎らしいばかりの澄まし顔だと、何度となく腹立たしく思いながらも、やはり、奏也の独特の雰囲気には、抗《あらが》いがたい魅力があると、高井戸は改めて確認させられていた。

三國伊知郎も悪くはないが、いかんせん、舞台稽古の時と同じで、自分のセリフだけ言いたいように言ってしまうと、後は相手のセリフには無頓着で、打てば響くような反応が、三國伊知郎からはどうにも得られないのだ。

そう、忙しさにかまけて、自分以外の役柄のセリフを全部頭に入れていないせいなのか、或《ある》いは、それが持って生まれた間の取り方なのか、三國伊知郎には、相手役のセリフをまるで聞いていないかのようなモノの言い方や動き方をする場面が、微妙な頻度で見受けられるのだった。

しかし、傍目《はため》から見て、決して三國伊知郎の演技が下手だというわけではない。

それは言わば、ストップウォッチなどでは絶対に計れない、極めて微妙な感覚の問題。

なまじ勘も悪くなく、舞台上では器用に立ち回るものだから、三國伊知郎に対する高井戸の注文は、何とも言えず具体性に欠けて、うまく言葉にならない。

『要は…お互いの感性の問題だからな…』

いっそ、箸《はし》にも棒にもかからないような役立たずだったら、どんなにスポンサーと揉《も》めようとも、堤を説き伏せて降板させるのだが、とりあえずは合格ラインをクリアしている、観客を集める目玉ともいえる三國伊知郎を、まさか無下にクビにするわけにもいかず、稽古が進むにつれて、高井戸は何とも頭の痛い毎日を送っているのだった。

『奏也の半分でも、伊知郎にセンスがあればな…』

普段はオフの時間帯に、仕事のことなど絶対に考えないのが、気がつけば、ついついそんな仮定に思いを馳《は》せている自分に、高井戸はハッとした。

『バカなことを…』

ところが、気を取り直すようにラスティ・ネイルのグラスに口をつけた高井戸に、奏也はまるでその心の内を見透かしたかのように、追い打ちをかけてきた。

それも、絶妙の間とタイミングで――。

「だったら、今夜のところは負けっぱなしを貫いて、予定どおり、伊知郎くんと甘い一夜を過ごしたら？　ひと晩かけて、あなたとセリフの練習をすれば、もうちょっと色気のある間の取り方が、できるようになるんじゃないの？」

そう言って、クスリと笑みを零《こぼ》した奏也に、高井戸がその煌《きらめ》く黒曜石の瞳を見張ったのは言うまでもない。

『コイツ…？』

プロの目から見ても、決してデキが悪いとは言えない三國伊知郎の演技。その伊知郎の間の取り方に不満を感じているのは、現場でも高井戸ひとりに違いない。

それを、何の前触れもなしに、こんな風にいきなり言い当てるなんて、いつも興味なさげな態度で、稽古場の後ろで油を売っているようでいて、奏也は誰よりも高井戸に近い感覚で稽古を見ていたとでもいうのだろうか。

その意外さに、僅かに鼻白んだ風を見せた高井戸に、怪訝《けげん》な表情を浮かべる奏也。

「どうかした？」

「いや…」

短く応えて、高井戸は愛煙のキャメルに火をつけた。

『妙な具合だ…』

下心から発した軟派のつもりが、気がつけば、レオンや堤、その他のスタッフ達にも話していない仕事での引っかかりを、奏也相手に言い当てられてしまっている高井戸。

ゆっくりと紫煙を吐き出しながら、高井戸は改めて、奏也の怜悧《れいり》に整った美しい横顔に視線を走らせた。

代役として、まだ一度も使ったことはないけれど、もしも三國伊知郎の代わりに、奏也を舞台に立たせることができたとしたら――。

思いかけて、高井戸は自らのバカげた考えに首を振った。

仮にそうだとしても、主役はあくまでも三國伊知郎なのだから、いくら稽古が充実したところで、そんなことには意味がないのだ。

そして、伊知郎と過ごせと高井戸をあしらった奏也の言葉どおり、三國伊知郎が待ち合わせたバーに姿を現わした。

「ほら、待ち人来たるだ」

再びクスリと笑みを浮かべた奏也に促されて、高井戸はいくぶん憮然《ぶぜん》とした表情で、スツールから立ち上がった。

「どうせ手に入るって自信があるんなら、同じような兎《うさぎ》ばっかり、二羽も三羽もいらないでしょう？　たまには毛色の違った兎と、毛色の違った付き合い方をしない？」

カウンターに頬杖をついた格好で、奏也は立ち上がった高井戸の長身を見上げた。

誘うように魅惑的な榛《はしばみ》色の瞳。

毛色の違う兎に、高井戸はすっかりはまっていたのだった。

「単なる麻子の可愛いペットかと思ってたら、お前、実は大変な食わせ者だな?」

「いやだ、堤さん、見てたの?」

高井戸と入れ違いに登場した堤を仰ぎ見て、奏はペロリと舌を出して首を竦めた。

「ああ、一部始終を後ろから全部な」

けれど、そう応えた堤の前にいるのは、まるで母親に悪戯を見つけられた小学生のような奏の姿で、つい数分前、高井戸ほどの男をすっかり魅了していた、コケティッシュで思わせ振りな雰囲気はそこに、微塵《みじん》も感じられない。

敏腕プロデューサーの堤をして、実に我が目を疑いたくなるような、見事な奏の化けっぷり。実際、いくら麻子の猛特訓と特別シナリオの為《な》せる業とはいえ、これだけ演じられる力があるのなら、どうして《アイコニクス》の解散後、泣かず飛ばずの不遇を長々と託《かこ》ってきたのか、堤には奏の五年間が信じられなかった。

「お前、高井戸なんかにこだわってないで、さっさと自分の仕事を探せよ。何だったら、俺が斡旋してやってもいい。確かに、高井戸の新作は業界でも話題の一作になるだろうが、いくらもしもの時の代役といったって、二百パーセント本番の舞台に立つことはありえない、稽古専門の代役なんて、役者にとっては意味がないだろう」

「うふふ、堤さんたら、僕を役者扱いしてくれるの？」

堤の言葉に、嬉《うれ》しげに頬を染める奏。

だが、堤から何と言われようとも、ささやかな復讐《ふくしゅう》劇を誓った奏の気持ちは変わらない。

たとえ何の意味がなくても、高井戸に一矢報いてやらないことには、奏は自分の人生に新たな一歩を踏み出せないのだ。

「この茶番劇が終わったら、仕事の斡旋、お願いするかもね？」

自らの愚行を茶番劇と言ってのける奏に、堤も押し黙らざるをえなかった。

好むと好まざるとにかかわらず、既にこの茶番劇の片棒を担いでしまっている堤には、奏の愚かしさを諭してやれる資格はない。

そして、本番での代役はありえなくとも、稽古での代役は、必要なときが必ずやってくる。

「来週、三國伊知郎は二泊三日で、タイまでテレビ番組のロケに行くことになってる。最初からスケジュールに入っていたロケで、三國が稽古を休むのは折り込み済みだ。いよいよ代役の出番が来るぞ」

「――そうなんだ…」

堤に言われて、奏の表情から茶化した笑みが消えた。

これまで、奏也が徹底的に無関心を装ってきた、高井戸蓮の新作《終焉のラブ・アフェア》。

遠い昔、恋人の心を自分だけのものにするために、少女イリスは禁断の黒魔術で魂を穢《けが》す罪を犯して、何世紀もの間、生まれ変わっては、愛《いと》しい恋人そっくりの姿をした死神ブラッドに命を狩り取られ、永遠に恋が成就しない罰を受け続けている。

奏也が演じることになる三國伊知郎の代役は、そんな少女イリスに哀れみと愛しさを感じて、その守護天使として、イリスの魂が救済されるように努めるコーネリアス。

イリスの魂が救われるには、ブラッドへの恋が成就しなくてはならないのだが、コトもあろうに死神は、イリスを守護する美しいコーネリアスに恋をしてしまう。

以来、天使と死神と美少女は、何百年にもわたって奇妙な三角関係を繰り広げているという、ちょっと耽美《たんび》な題材でありながら、適度にスパイスの効いた奇想天外なラブコメディー。

台本をコピーしたのが擦り切れるほど、繰り返し奏が読み込んだ高井戸の作品は、猛烈におもしろくて、胸が躍る内容だった。

そして、そんな作品だったからこそ、奏は三國伊知郎の雰囲気を壊す間の悪さが勘に障《さわ》って、ついつい高井戸に向かって、「ひと晩かけて、セリフの練習をさせろ」みたいな嫌味を口にしてしまったのだ。

ブラッドに恋する愛しいイリスを護りながら、一方で死神から仕掛けられてくる誘惑に打ち勝とうと戦うコーネリアスは、魅惑的な存在であり、物語の行く末を左右する鍵《かぎ》でもある。

『僕だったら、もっと、こう…』

ベッドの中で台本のコピーを捲《めく》る度に、夜な夜な奏の内で膨らんでいくコーネリアス像。

けれど、いくら心魅かれる役柄だといって、それを演じるのが奏也では、素直に代役を演じるわけにはいかないだろう。

代役になんか興味はないと言い切って、あまつさえ、台本まで高井戸に突き返してしまった奏也としては、せいぜいが決められた立ち位置に立って、台本のセリフを順番どおりに読み上げる程度だ。

そのくらい醒めた態度でなくては、せっかく麻子が創《つく》りあげてくれた奏也像が崩れてしまう。

それに、堤が感心してくれたように、麻子が付きっきりでコーチしてくれている奏也を完璧に演じる力が、もしも奏にあったところで、奏自身が勝手に解釈した高井戸のコーネリアスを、奏が演じるなんて、それこそ愚の骨頂。

麻子の助けがない、本来の奏には、何の経験もなければ、演じる能力もないのだ。

「台本を、いかにもくだらないって感じで棒読みしてやったら、高井戸さん、どんな顔するかな?」

「激怒して、襲いかかってくるんじゃないのか?」

「そうだよね。でも、そのときは堤さんが助けてくれるんでしょう?」

「ああ、不本意ながら、姫を護るナイトの役を、麻子から仰せつかったからな」

「堤さんて、ホントに麻子ちゃんのことが好きなんだね?」

「大きなお世話だ!」

不貞腐れてみせる堤に、奏は肩を震わせて笑いを噛《か》み殺した。

しかし、冗談抜きで、いずれは結婚するなりして麻子との暮らしをはじめたいのであろう堤のためにも、奏がいつまでも居候として、麻子の厄介になっているわけにもいかないだろう。

『早く高井戸蓮との決着をつけなくちゃ……!』

決意も新たに、奏はグラスに残っていたラスティ・ネイルを、一気に飲み干したのだった。

＊＊＊

事務所側からの申し出に、最初から許可を出していたという海外ロケのために、三國伊知郎が稽古を三日間休むと、高井戸が聞かされたのは週明け。

『いったい、何なんだそれは!』

そういえば、甘いピロートークに伊知郎が、タイがどうしたこうしたと話していたような気もするが、それにしたって、病気休養というのならまだしも、主役級の役者が別の仕事で稽古中に海外へ行くなんて、ブロードウェーじゃ、とても考えられない。

なぜなら、そんな戯言《たわごと》を口にした瞬間、鵜《う》の目鷹《たか》の目で役を狙《ねら》っている役者連中に、役を掠《かす》め盗られてしまうからだ。

それが、呑気《のんき》にテレビ番組のロケに出かけて、稽古に三日間も穴を空けようというのだから、高井戸にしたら、まったく信じがたい所業である。

『まったく、冗談じゃないぜ！』

だいたい、まるっきりの欠席こそなかったものの、これまでにも三國伊知郎は、前の仕事が押したの何のと、稽古の時間に遅れてきがちだったのだ。

――こういうのが、日本の売れっ子アイドルやタレントの実態さ。

堤からはそう言われて宥《なだ》められはしたものの、本番まで三週間というこの時期になっても、未だに間の取り方が気に食わなくて、稽古を重ねるにつけ、ただでさえ苛立《いらだ》ちを増幅させられる対象である三國伊知郎が、選りにも選って、稽古自体を休んでしまうなんて、正に言語道断。

トップアイドルだか何だか知らないが、舞台を舐めて、高井戸をバカにするにも程がある。

当然のことながら、その日、稽古場に入った高井戸の機嫌は猛烈に悪かった。

そして、そんな高井戸の怒りと苛立ちに油を注いだのは――。

「何なんだ、その棒読みは！」

借りた台本片手にやる気なく、所定の位置に立つだけ立って、後はこの場面の相手役である江崎竜二《えざきりゅうじ》演じるブラッドに向かって、そのセリフとセリフの間を埋めるためだけに、淡々と台本を読み上げていく奏也の態度に、高井戸がキレた。

だが、もちろん、高井戸が怒り出すだろうことは予想に折り込み済みで、それについて奏也が慌てたり驚いたりする余地はなかった。

「たった三日間の稽古の代役が、妙な役作りで三國伊知郎の間の取り方やテンポを崩すより、こういう便宜的な棒読みの方が、他の役者さん達に影響がなくて、よっぽどいいと思うけど？」

その柔らかな絹糸の髪を掻き上げて、奏也は平然と高井戸に言い放った。

怒り心頭に発した高井戸によって、三國伊知郎の代役をクビになったらなったで、奏也としては一向に構わないのだ。

「少なくとも僕には、三國伊知郎のサルマネなんてできませんから」

あくまでもプライド高く、ツンと澄ました高貴な横顔。

まるで高井戸自身が演出家として、三國伊知郎に密《ひそ》かな不満をもっていることを見透かしているかのような、その物言いに、高井戸はカッとなった。

『クソッ、この…っ！』

よく考えてみれば、そんなに腹を立てるほどのことでもなく、それでも腹に据えかねるというのであれば、単に代役を交替させればいいだけの話だったというのに、気がつくと高井戸は、奏也のもとに駆け寄っていた。

「サルマネじゃない演技とやらを、見せてもらおうじゃないか！」

主役の一人である三國伊知郎にはもちろん、他のどんな端役やスタッフがしでかした拙《まず》い演技や仕事にさえ、こんなに頭ごなしに怒鳴りつけたことはなかった高井戸が、奏也の手から台本を乱暴に取り上げて、思い切り感情的になって声を荒らげている。

そんな高井戸と、猛然と睨《にら》み合う一瞬――。

予定では、どんなに高井戸を怒らせても、あくまでも醒めた態度で棒読みの代役を続けるはずだった。

けれど、次の瞬間、奏也の唇を衝いて出たセリフは――。

「ブラッド、お前はなぜ、わたしの可愛いイリスの首を無残に狩るのだ？」

瞬間、高井戸をじっと見つめて語りかける奏也の顔は、憂いを帯びた美しい守護天使のコーネリアスへと変貌を遂げていた。

「あんなにもひたむきにお前だけを慕う、折れそうに細い少女の首に、お前はなぜ、何の躊躇《ためら》いもなく刃を当てることができるのだ？」

　正に高井戸が理想とする、絶妙の間とテンポの連続。

　まるでバラバラだったパズルのピースが、あるべき場所に納まって、何が描いてあるのか見えなかった絵が、額縁の中に鮮明に現われたような爽快感《そうかい》。

　妖しく煌く榛色の天使の瞳に、激しく心を魅入られる刹那《せつな》――。

「それはイリスが俺に望むからだ。俺の腕の中で白い喉を掻き切られ、狂おしく息絶えることを、イリス自身が熱く望んでやまないからだ」

　気がついた時、高井戸はブラッドのセリフを口走っていた。

　まるで真空状態に陥ったかのように、恐ろしく張り詰めた空気が充満する稽古場。

　誰一人として声を発さない稽古場に、コーネリアスとブラッドのセリフだけが、いつまでも繰り返し響き渡っていた。


　恐ろしい悪夢のようでもあり、目眩《めくるめ》く快感の嵐《あらし》のようでもあった三日間が過ぎて、高井戸はようやく戻ってきた現実に、ひどく遣る瀬《やせ》ない味気なさをひしひしと感じさせられていた。

　稽古場に立っているのは、再び三國伊知郎と江崎竜二――。

本来の姿を取り戻した稽古は、しかし、取り返しがつかないほど、高井戸の瞳には輝きを失って映っていた。

何もかもが黄金の三日間の前に色褪《いろあ》せて、当初、高井戸は脱力のあまり、演出の声をあげることさえ億劫《おっくう》になってしまったほどだ。

「ブラッド、お前はなぜ――」

口を衝いて出るセリフは同じ。役者の立ち位置も同じ。それなのに、舞台を見据える高井戸の心は、少しも昂《たか》ぶってこない。

『違う！　そうじゃない！』

心に浮かぶのは、否定と違和感ばかり。

そう、一度でも極上の一瞬を目にしてしまった高井戸の瞳には、すべてが腹立たしいだけの猿芝居にしか見えない。

稽古を繰り返せば繰り返すほど、虚《むな》しさと苛立ちばかりが高井戸の胸に重く積み重なっていくばかりだ。

「ねえ、どうしちゃったの？　高井戸さんてば、何だか変だよ？」

三國伊知郎が戻って三日も経つ頃には、微妙に媚《こび》を含んで纏わりついてくるのさえ、我慢ならないほど、思うに任せない高井戸の鬱屈《うっくつ》と憤懣《ふんまん》は、ピークに達しようとしていた。

最早、ベッドの中でじゃれついてくるのを可愛いとも思えず、むしろ鬱陶《うっとう》しさが先に立って、情熱派を誇るドン・ファンらしからぬ冷淡さで、ぞんざいに己れの欲望を満たすだけのお座成りなセックスしかする気になれない。

俄《にわか》に冷たくなった情人に、美青年らしくプライドを傷つけられて拗《す》ねる三國伊知郎にも、一向に執り成して機嫌を取る気にもなれない高井戸。

『ああ、クソ…ッ！』

すっかり調子を乱され、自分らしさを失わされて、日々、高井戸はイライラと、まるで制御不能の感情に、気持ちを翻弄《ほんろう》されるばかりだった。

だが、何が腹立たしいといって、そんなにも激しく懊悩する高井戸を余所《よそ》に、まるで熱の籠《こ》もった三日間が嘘だったかのように白けた態度で、稽古場奥のマットレスの上で暇そうに時間を潰している奏也の存在ほど憎らしく、怒りの炎を煽《あお》られるものはない。

おまけに、高井戸に対しては、どこかしら思わせ振りなくせに、相変わらず醒めた態度を崩さない奏也が、このところ頻繁に稽古場に姿を現わすようになったプロデューサーの堤に対しては、妙に打ち解けて甘い表情をしてみせるのだ。

『何なんだ、アイツらは…！』

そう、普段は軟派でいい加減な色事師でも、コト仕事に関してだけは、絶対の自信をもって厳しく妥協のない天才肌の高井戸が、気がついてみれば、仕事中の稽古場で、あらぬところに気を取られていることさえあるのだった。

「高井戸のヤツ、凄い目でこっちを睨んでるぞ」

「そう？　こっちなんか見てないと思うけど」

「実際に見てなくたって、怒りのオーラがバリバリに突き刺さってきてるよ」

夜、稽古場を訪れた堤が、うんざりしたように呟《つぶや》いた。

「まったく、三國伊知郎はヘソ曲げてるし、高井戸はイラついてるし、本番まで二週間だっていうのに、舞台が失敗したらどうしてくれるんだよ、ホントにもう…」

口を衝いて出るぼやきに、強面《こわおもて》の偉丈夫が肩を落とすのも無理はない。

麻子に遣り込められて妙な片棒を担がされているとはいえ、なにせ堤は高井戸蓮をニューヨークから招いた張本人であるばかりでなく、舞台《終焉のラブ・アフェア》を是非《ぜひ》とも成功させなくてはならないプロデューサーなのだ。

「お前らの悪巧みのせいで、興行が失敗したら、どうしてくれるんだ」

堤としたら、立場的にもっともな心配と不満。

とはいえ、高井戸本人が気に入っていないだけで、三國伊知郎の演技は悪くないデキの合格点だし、舞台裏の内情はどうあれ、舞台は初日に向かって着々と準備が進んでいるのが現実で、失敗などはありえない。

だいたい、前評判の段階で思い切り話題を呼んだ、ニューヨークでトニー賞候補にまで上った新進気鋭の演出家、高井戸蓮が贈る新作舞台は、主演のひとりに大人気の三國伊知郎を配したことで、チケットは売り出しとともに、三週間分がほぼ即日のソールドアウト。

タイアップで撮った三國伊知郎出演の、短期限定コマーシャルもスポンサーに好評で、黒字間違いなしの舞台が、興行的に失敗するはずがないのだ。

「ほら、さっさと帰るぞ」

奏を促して、堤は素っ気なく先に立った。

マスコミやスポンサーへの対応、初日を迎えるまでの様々な実務的なコーディネートなど、プロデューサーの仕事はなかなかに忙しく、佳境に入った稽古場に、わざわざ足繁く通って詰めている必要はないのだが、この一週間というもの、堤は欠かさずに夜の稽古場を訪れていた。

理由はもちろん、麻子から命じられた奏のボディーガード。

図らずも、三國伊知郎の代役を真剣に、それも予想外に迫真の演技で務めてしまった奏也は、謎めいた美青年としてだけでなく、ひとりの役者としても高井戸の目に留まってしまった。

もちろん、自分の演出外の行動をとった奏に、麻子はひどくお冠だ。

だが、ただでさえ焦《じ》らされて、欲求不満が高じているだろう高井戸の精神状態を考え合わせれば、麻子としても奏の身を案じざるをえない。

――実体験がないんだもの！　百戦錬磨の色事師の高井戸に押し倒されちゃったりしたら、奏みたいなお子ちゃま、すぐに化けの皮が剝がれちゃうわよ！

かくして、化けの皮だけでなく、奏の身の安全と貞操を護るべく、任命された堤が、甚だ不本意ながらも、夜な夜な稽古場へ奏を迎えにきているのだった。

「待ってよ、堤さん！」

先へ行く堤を追いかけて、稽古場から人目のない外へ出ると、一日中、奏を覆っていた緊張が、一気に剝がれ出す。

銜《くわ》えタバコのまま、少し猫背になってポケットに手を突っ込んだ格好で、スタスタと停《と》めてある車へ向かう堤の大きな背中に、奏はじゃれつく仔猫みたいに飛びついた。

「お前なぁ…」

そのままスルリと自分の腕に、その細い両腕を絡めてしがみついてきた奏の、まるで父親に甘える小さな子供のような仕草に、堤は拍子抜けさせられてしまった。

つい数分前までいた稽古場では、コトの真相を知っている堤でさえ舌を巻くほど、見事に醒めてコケティッシュな風情を醸していた、あの態度はいったい何だったのかと、我が目を疑う奏の猛烈な変貌ぶり。

いや、あまりにもその態度に落差があるからこそ、無防備に男の腕に自分の腕を絡ませて、斜め四十五度の甘ったれた眼差しを向けてくる奏の姿には、いっそ艶めいて危ういものが感じられる。

モラルが破綻したこんな業界に長く身を置いていながら、自らは完璧な異性愛者を自負する堤をして、思わず危ない道へよろめいてしまいそうな独特の風情。

本人に自覚がない分、奏の無防備さはなかなか凶悪に罪作りだ。

もちろん、普段は人見知りの強い奏が、こんな風に気を許した態度に出るのは、長年、麻子の恋人として傍にいる堤に対して、それだけ安心して信頼を寄せているからこそなのだろうが、老成しているように見えても、堤にだって雄の本能はあるわけで、自分と同じ男でありながら、そこのところが少しもわかっていないらしい奏の無防備さには、困ったものだ。

『麻子がコイツの貞操の危機を心配するはずだぜ…』

ため息混じりに、堤は奏に絡めとられていない方の手で、自分の前髪を掻き上げた。

それでなくとも、繊細で華のある完璧な美貌を誇る見た目と、肩透かしを食わされるほど子供っぽい無邪気さのアンバランスには、微妙に見る者の気持ちを捉えて魅惑的なものがある。

無防備に慕い寄ってくる細い躯《からだ》を押し倒して、うんと乱暴に犯してやったら、この無邪気な笑顔はどんな風に歪《ゆが》んで、どんな泣き顔を見せるのだろうか。

『この綺麗な顔を汚して、滅茶苦茶に意地悪く泣かせてやりたい――』

思わず脳裏を過《よ》ぎりかけた、らしからぬサディスティックな願望に、堤は小さく頭を振った。

『んなこと考えてたのがバレたら、麻子に殺されるぜ…』

心の中で舌打ちしつつ、さり気なくポケットの中に車のキーを探る堤。

しかし、《奏也》としての演技を離れても、堤みたいに真っ当な性癖の持ち主である男を、こんな風に危うくも淫靡《いんび》な思いに駆り立てるとは、奏本人にその気はなくとも、なかなかたいした才能だ。

『こういう方が、却《かえ》って高井戸本来の好みなんじゃないのか？』

わざわざ血の滲《にじ》む思いで、麻子の演出どおりに《奏也》を演じなくても、持って生まれた無防備さのひとつも、その目の前に曝してやれば、高井戸は奏に対して、一遍で心魅かれるのではないだろうか。

もっとも、押し倒して簡単に目的を遂げてしまったら、残念ながら高井戸は、急速に奏に対する興味を失って、それでは奏が目論《もくろ》む復讐も、この五年間に対するケリも、成就することはないのだろうが――。

「お前、なかなか才能あるぜ」

「え？」

何のことやらわからず、キョトンとしている奏の頭を、堤は父親がそうするみたいに、ポンポンと優しく叩《たた》いて車のドアを開けた。

「さぁ、帰るぞ」

「うん！」

これではまるで詐欺だと思いながら、堤は麻子のマンションに向かって、車をスタートさせたのだった。

けれど、人目がないのに安心した奏と堤にとって、大きな誤算だったのは、傍目にはちょっと素っ気ない男に媚《こ》びる恋人同士のようにも映る、そんな二人の姿を、稽古場の離れた小窓から見ていた目があったことだ。

覗いていたのは、もちろん、高井戸蓮の黒い瞳――。

声が聞こえず、細かな表情も確認できなかっただけに、尚更《なおさら》、高井戸の誤解を深めた、寄り添う堤と奏の姿。

「……」

その黒い魅惑の瞳の奥に、暗い炎が灯《とも》ったことに気づく者は誰もいなかった。

一方、堤に送られて、麻子のマンションに戻ってきた奏は、屈託のない笑顔を浮かべて、パソコンの画面に向かっていた麻子の首に後ろから飛びついた。

「ただいま、麻子ちゃん！」

「こぉら、奏ったら…」

実はそろそろ、秋の連続ドラマの脚本に向けて、忙しくなってきている麻子。

もちろん、本番まで残り二週間となった、高井戸の《終焉のラブ・アフェア》の稽古を睨んで、《奏也》の脚本と演出の方も、いよいよ、クライマックスに向けて総仕上げの段階に入っている。

「今日はどうだった？」

「昨日と同じ。高井戸さんは何だかピリピリしてて、休憩時間に入っても、僕になんか話しかけてこないし、三國伊知郎がいるから、代役のお鉢《はち》も回ってこなかったしね」

だから暇だったよと、いくぶん肩を落として報告した奏に、麻子はニンマリと満足気な笑みを浮かべてみせた。

「それは上々だわ」

「何が上々なの？」

麻子の笑顔が、奏には納得がいかなかった。

三國伊知郎が海外ロケに出かけるまでは、何かといっては、奏也を口説こうとモーションをかけてきていた高井戸が、その代役を務めた三日間は、まるで人が変わったみたいに一切のナンパ行為をやめて、ただ、一人の演出家として、奏也が演じる守護天使のコーネリアスと、猛烈に厳しく対峙《たいじ》してくれた。

甘い危険に彩られた駆け引きは存在しなくても、軀中の神経がビリビリと音を立てて張り詰めるほど、無茶苦茶な緊張感に満たされていた充実の三日間――。

奏は生まれて初めて、自分は役者なのだという実感に触れた気がした。

それなのに、あの熱に浮かされた夢のような三日間が過ぎて、三國伊知郎が稽古場に戻ってきた途端、高井戸は奏也をまったくかまってくれなくなった。

役者としてはもちろん、奏也としても、高井戸の関心がいきなり薄れてしまったのではないかという不安が、醒めて無関心な奏也の鎧に覆われた、奏の心を震わせてやまない。

やはり、麻子の演出を無視して、思わず独断で強行してしまったコーネリアスの熱演は、奏也にとっても奏にとっても、致命的な失敗だったのではないかという思い。

洒落た口説き文句はもちろん、まるで存在自体を無視するかのように、一切の関わりを断ち切られてしまったようにも思える高井戸の冷たさが、奏には寂しくてしようがなかった。

けれど、自分が感じている不安を素直に口にした奏に、麻子は呆れ顔で応えた。

「バカね、奏ったら！　だって、それは、あのいい加減なカサノヴァ男が、気軽にちょっかい出してこられないくらい、《奏也》にはまっちゃってるってことじゃないの！」

そう言って、麻子は座ったままの回転椅子を、上機嫌でクルリと一回転させた。

「いよいよ、クライマックスまで秒読みね。これだけ振り回された挙げ句に、愛しの《奏也》に指一本触れることもなく、いきなり姿を消されちゃったときの、高井戸のヤツの吠え面《ほえづら》が見物《みもの》だわ。あんな風にいい加減なナンパ師ぶっていても、アイツ、昔から猛烈にプライドが高い男だったから」

この復讐劇の成功を確信して、いかにも楽しげに、喉の奥でクククと音を立てて笑う麻子に、それまで黙っていた堤も同調した。

「ああ、高井戸のヤツ、かなり熱くなってるからな。だいたい、あのカサノヴァ野郎は、誰かに振られたなんて経験ないいんだ。これだけコケにされれば、プライドはズタズタで、一生忘れられない屈辱のメモリーとして、《奏也》は高井戸蓮の心に刻まれるだろうさ」

そう、いくらやり手の麻子がブレインにつくとはいえ、それを演じるのが、まるでお子ちゃまの奏なだけに、当初はそんな茶番劇が成功するとは夢にも思っていなかった堤をしても、予想外に発揮された奏の演技力に、今では目論んでいた以上のフィナーレが訪れることを確信している。

麻子が作り出した架空の舞台で、この世に存在しもしない《奏也》という人格を相手に、いいように踊らされた高井戸は、さぞかしプライドを打ち砕かれて悶絶《もんぜつ》するに違いない。

「Xデーは二週間後の稽古の最終日。奏、覚悟しておくのよ」

「で、でも…代役の僕が稽古の最終日で姿を消して…もしも、本番で三國伊知郎に何かあったらどうするの…？」

当然のことながら、大成功のうちに幕を閉じるフィナーレを信じられない奏は、猛烈な不安に駆られて声を震わせた。

毎日、必死で積み上げてきた高井戸との日々が、残り僅か二週間で終わりを告げるなんて、とても奏には信じられない。

やがては訪れる決定的瞬間を、悪戯に先延ばししてみたところで、然したる意味がないのは百も承知で、それでも悪あがきのように、その瞬間を一日でも先へと送りたい奏。

稽古が終わる二週間後ではなく、せめて、本番の舞台が千秋楽を迎える五週間後まで、Xデーを延期できないものか――。

けれど、そんな怯《おび》えに満ちた奏の問いかけを、麻子はあっさり切り捨てた。

「三國伊知郎の代役なんて、最初から本番では必要なかったのよ。客の多くは、三國伊知郎のキレイな顔が見たくてチケットを買ってるのが現実。それを、万が一にも怪我や急病で降板することになったからって、まるで無名の奏也に、三國伊知郎みたいなビッグネームの代役が務まるはずないでしょう？　だから、もしもの時には舞台は順延。興行的には大変な痛手でも、そうしなけりゃ、お客が納得しないわ」

あまりにも的を射た正論を吐く麻子に、奏は返す言葉もなく唇を噛み締めた。

代役を務めた稽古での三日間がどんなに充実していたからといって、所詮《しょせん》、現実の奏は無名で、役者とは名ばかりの、麻子に寄生する無宿者でしかないのだ。

「確かに、仕事をやり遂げた達成感に満たされる、舞台の千秋楽にXデーを持っていった方が、打ちのめされる気持ちとの落差が激しくて効果的かもしれないけど、ここらが潮時よ。思わせ振り戦法だけじゃ、とてもあと五週間は保たせられない。化けの皮が剝がれる前に、思い切って撤退しましょう。二週間後、稽古の最終日が私達の千秋楽よ」

「僕達の…千秋楽…」

「そうよ！　記念すべきラストを飾る、とびきりのセリフを考えてあげるわね！」

いよいよ訪れる総仕上げに向けて、自信に満ち溢れた笑顔を浮かべる麻子。

しかし、華やいだ麻子とは対照的に、終焉の時を目前にした奏の心は、激しく打ちのめされていた。

麻子という得がたい演出家をブレインに迎え、やがては堤までをも巻き込み、奏自身、血の滲《にじ》むような思いで《奏也》という役作りに挑んできた、儚《はかな》くも短い数ヵ月が、あと二週間で終わってしまう。

麻子の言うXデーを迎えたが最後、この五年間にも及ぶ高井戸蓮へのこだわりと執着に、奏は自ら終止符を打たなくてはならないのだ。

『高井戸さん…』

馬鹿馬鹿しいけれど、最初から、そうなることを望んではじめた復讐劇。

それなのに、自分で望んだとおりのフィナーレを目の前にして、奏の心が激しく揺らぐのは、いったいどうしてなのか——。

『高井戸さん…！』

不意に込み上げてきた、訳のわからない感情の波に堪え切れず、奏は麻子の部屋を後にした。

『高井戸さん、高井戸さん、高井戸さん…！』

何だか猛烈に泣きたくなってきて、行き場をなくした奏が飛び出したのは、南東を向いた広いリビングとは反対側にある、北側の狭いベランダ。

『高井戸さん…！』

折れそうに細い肩を震わせて、奏は込み上げてくる涙に咽《むせ》び泣いた。

この五年間というもの、その艶姿を網膜に焼きつけ、奏が心の奥底で大切に仕舞い続けてきた高井戸蓮という幻の男。

けれど、五年振りに顔を合わせ、実際に話をし、間近にその姿を仰ぎ見た現実の高井戸蓮は、信じられないくらいカッコよくて魅力的で、奏は何度、《奏也》という鉄壁の鎧を突き破って、その精悍な横顔に見惚れ、魅惑の声に聞き惚れ、心を根こそぎ奪われそうになったことだろうか。

奏をじっと見つめた、あの煌く黒曜石の深い眼差し――。

そう、奏にとって、新しい人生の一歩を踏み出すために、永遠に葬り去らなくてはならない高井戸蓮の存在は、五年振りに再会を果たして、ますます鮮烈で、あまりにも忘れがたい。

憎くて愛しい憧れの高井戸から口説かれ、誘いかけられる度に、正直、奏は醒めて冷たい奏也の仮面の下で、いつだって、今にも死にそうなほど気持ちを舞い上がらせてばかりいた。

そして、何よりも忘れがたく奏の心を魅了しているのは、稽古場とはいえ、役者として初めて舞台上で向き合った高井戸蓮の存在だ。

――それはイリスが俺に望むからだ…。

あの時、決死の思いで守護天使コーネリアスを演じた奏に向かって、朗々と響き渡った黒い死神、ブラッドの美声。

刹那、奏の全身に稲妻が走った。

ニューヨークに渡ってからは、一度も役者として舞台に立つことはなかったという高井戸が、ブラッドとして、奏のコーネリアスの前に立っていた、あの一瞬の感動――。

何億ボルトの高圧電流に撃たれたところで、あんなにも心に衝撃が走ることは、きっとないに違いない。

ずっと心に仕舞い続けてきた高井戸蓮という幻の男と、初めて真っ正面から向き合えた、あの衝撃の一瞬を、どうして奏に忘れ去ることができるだろうか。

奏が忘れるべきは、心に巣食う五年前の高井戸蓮の幻影であって、現在の高井戸蓮の実像をも捨て去るなんて、とてもできない相談だ。

きっと高井戸だって、奏のことを忘れたりしないに違いない。

『忘れるなんてできないよ…！』

だが、ベランダの柵《さく》に俯《うつぶ》せて、込み上げてくる熱い思いで、その白い頬を涙で濡《ぬ》らしていた奏は、そこで愕然《がくぜん》とした。

高井戸は、奏自身のことなんか、これっぽちも知らない。

高井戸が興味を魅かれ、口説き落とそうと誘いかけ、思いどおりにならないその存在に、らしからぬ苛立ちを募らせ、ペースを狂わされるほど翻弄されているのは、麻子が創《つく》りあげた謎の美青年《奏也》に対してであって、この五年間、鳴かず飛ばずのうらぶれた日々を託《かこ》ってきた、秋津《あきつ》奏本人に対してでは決してない。

高井戸が忘れがたく、その心に刻みつけるのは、《奏也》の存在。

こんなにも必死になっている奏自身の存在は、高井戸のどこにも残らない。

完璧に飾り立てた《奏也》の鎧を脱ぎ捨て、仮面を取り去った後に現われる本当の奏には、高井戸の心を捕らえて魅了し、虜《とりこ》にするような魔性の魅力は、何ひとつとして存在していない。

高井戸が、あの煌く黒い瞳に映しているのは、奏也の姿であって、奏の姿ではないのだ。

『高井戸さん……！』

奏を襲う、恐ろしいほどの絶望感。

こうなることを最初に望み、画策したのは奏自身。

けれど、現実に対峙した高井戸蓮の存在は、奏が長年、心の奥底に巣食わせていた幻よりも、ずっとずっと魅惑的で、今となっては奏自身、滅茶苦茶に掻き乱されるこの感情を、自分でも制御することができない。

高井戸の瞳に、秋津奏として、本当の自分自身の姿を映してもらえないことが、こんなにも辛《つら》く哀しいことだなんて、復讐劇を企てたときの幼いばかりの奏に、どうして想像することができただろうか。

現実に対峙した高井戸蓮という男に、こんなにも心を奪われてしまうなんて――。

必死に演じてきた《奏也》の仮面の裏で、本当の奏は、もう取り返しがつかないほど深く、高井戸蓮に心を鷲掴みにされてしまっている。

『高井戸さん…っ！』

瞬間、灼《や》けるように熱く奏の胸の奥を走り抜けていった、鋭い痛みにも似た切なさ。襲ってくる苦しさに、奏は激しく胸を掻き毟《むし》った。

だが、次の瞬間、奏は胸を焦がす痛みの正体に愕然とした。

『だって、そんな…！』

今の今まで、こんなにも厳然と自分の内に存在する思いに、どうして気づかぬ振り、見てみぬ振りをしてこられたのか——。

まるで鋼鉄のバットで、思い切り頭を殴りつけられたような衝撃。

その胸の奥底で熱く脈打っているものの正体は、五年前の思い出でもなく、ましてや、悪戯心に芽生えた復讐劇への企みでもなく、日々、《奏也》の仮面の下で育《はぐく》まれていった奏の本心。

そう、奏は高井戸蓮に恋をしている。

いや、或いはこの五年間、奏はずっと高井戸蓮に恋し続けてきたのではないか——。

『高井戸さん…！』

なんて間抜けで滑稽《こっけい》などんでん返し。

しかし、気づいてしまった高井戸への恋心は、奏にとって、あまりにも絶望的なものだった。

なぜなら、高井戸はあくまでも《奏也》に心魅かれているのであって、《奏也》の化けの皮が剝がれてしまった奏なんかには、見向きもしてくれないに違いないのだ。

それどころか、《奏也》の仮面の下に隠れた、姑息《こそく》な演技と謀《はかりごと》がバレた瞬間、烈火のごとく怒り出すであろう高井戸の姿が、奏には手に取るように見える。

プライドの高い高井戸は、きっと奏を許さない。

真実を知った高井戸は、《奏也》の仮面を踏み躙《にじ》って、奏をその記憶から永遠に抹殺してしまうに違いないのだ。

『そんなの嫌だ…！』

気がつけば、奏が自ら足を踏み入れてしまった、決して後戻りできない袋小路の奥。

麻子の演出から外れることは、《奏也》の死を意味し、奏の破滅を意味する。

『ずっと…《奏也》でい続けなくちゃ…！』

他に逃げ道を失った奏の、悲壮な決意。

奏の横顔は、夏だというのに、紙のように白く色を失《な》くしていた。

刻一刻と迫ってくるXデーを前に、奏はひとり、切れそうなほど、その桜色の唇を嚙み締めていたのだった。

＊　＊　＊

見上げれば、いつもと同じ青い空に、光り輝く真夏の太陽――。

けれど、清々《すがすが》しい夏の一日を予感させる朝の空気とは裏腹に、今日も稽古場《けいこ》へ向かう奏《かなで》の心は重く塞いでいた。

『あと…十一日…か…』

虚《むな》しさに心を苛《さいな》まれながらも、繰り返し、何度となく指折り数えてしまう、Xデーまでのカウントダウン。

恋しい高井戸《たかいど》と、《奏也《そうや》》の仮面の下からでも、奏が間近に顔を合わせられるのも、あと十一日限り。

それなのに、稽古場には相変わらず、苦虫を嚙《か》み潰《つぶ》したような顔ばかりしている、猛烈に不機嫌な高井戸蓮《れん》と、そんな高井戸から粗雑に扱われて、ヒステリー状態が続いている三國伊知郎《みくにいちろう》がいるばかり。

稽古場全体が、何だか妙にピリピリと張り詰めていて、スタッフの誰もが、その重苦しい雰囲気の悪さに辟易《へきえき》としている毎日だ。

そしてもちろん、高井戸が稽古場の後ろで暇を託《かこ》っている《奏也》に、声をかけることはまったく無い。

『こんな風に何事もなく、高井戸さんとの関わりが終わってしまうんだろうか…』

マットレスの上に座ったまま、決してこちらを振り向こうとはしない高井戸の、広い背中を見つめる奏の心は、《奏也》の仮面の下で、今にも泣き出してしまいそうだった。

どうせ、あと十日かそこらで、すべてが終わりになってしまうのなら、いっそ、子供じみた復讐劇《ふくしゅうげき》なんかは忘れて、高井戸の前に、ただの《秋津奏《あきつ》》として、身を投げ出してしまいたいという衝動が、鉄壁を誇る《奏也》の鎧《よろい》を突き破って、溢《あふ》れ出してしまいそうな毎日。

すべてが水の泡となってしまってもいいから、高井戸の黒い瞳《ひとみ》に、ただの一度だけでも《奏》として映し出してもらえたなら――。

『高井戸さん…！』

日々、強まっていく、切羽詰まった願いに、奏の心は激しく震えた。

けれど、その願いが切実であればあるほど、実際にそれが叶《かな》えられたとき、高井戸の瞳が何を映し出し、それによって自分が何を失うことになるのかが、奏には恐いほど理解できていた。

どんなに辛《つら》く苦しくとも、奏は最後の瞬間まで、完璧《かんぺき》に《奏也》でいなくてはならない。

そう、せめて《奏也》として、高井戸の心に刻まれるために――。

『あと…十一日…』

だが、押し潰されそうな悲壮感に堪えて、ひとり仮面の下で、虚しく残された日々を指折り数えるしかない奏に、運命は思わぬ展開をもたらした。

本番まで、いよいよ一週間となった日の夕方の出来事だった。


その日は、劇場を貸し切って行なわれたゲネプロの初日――。

本番さながらに衣裳《いしょう》を着けてのリハーサルの後、堤《つつみ》の手配で集められたマスコミを相手に、舞台上で簡単なインタビュー形式の記者会見が行なわれていた。

「伊知郎くん、調子はどう？」

「青木真奈美《あおきまなみ》ちゃんとのラブシーンは上手《うま》くいってるの？」

「演出家の高井戸蓮さんとは、仲良く仕事ができてるのかしら？」

矢継ぎ早に浴びせかけられてくる芸能レポーター達の質問を、完璧な営業スマイルで切り抜けていく三國伊知郎。

広告宣伝のためだからと、堤に言い含められて、三國伊知郎と並んで舞台に立ちはしたものの、まるでスキャンダルの釈明会見みたいに、ぐるりと周りを芸能レポーター達に取り囲まれてのインタビューは、日本の芸能界ノリに慣れない高井戸にとっては、恐ろしく居心地の悪いものだった。

だいたい、レポーター連中の興味は、そのほとんどが三國伊知郎個人へのもので、芝居の内容や演出について、まともな質問を口にする者は皆無なのだ。

『冗談じゃないぜ！』

もちろん、高井戸に対する質問も、演出家に対するものには程遠く、単に数ヵ月前、女性誌のページを派手に賑《にぎ》わせたルックス抜群の男への、意味のない興味本意なものばかりが続いた。

休日の過ごし方や趣味、挙げ句の果ては、好みの女性のタイプなんて質問を浴びせられた日には、正直、高井戸の忍耐も限界ギリギリだ。

一方、少なからず失礼な芸能レポーター達を前にしても、一向に臆することなく芸能人スマイルを浮かべ続けている三國伊知郎は、ある意味、天晴《あっぱれ》と言うべきなのか。

「そりゃぁ、もう、調子はバッチリ！　みなさん、僕の舞台に期待してくださいね！」

ニッコリ語るその横顔には、数時間前まで現場が揉《も》めに揉めていたことなど、微塵《みじん》も感じられなくて、さすがの高井戸も、そのアイドル根性の図太さには、舌を巻くしかない。

それというのも、三國伊知郎は、ゲネプロに四時間も遅刻してきた挙げ句に、稽古場とは勝手の違う舞台の上で、セリフの順番や立ち位置のミス、出のタイミングの悪さ等を連発して、高井戸の猛烈な怒りを買ったのだ。

もちろん、遅刻した表向きの理由は、前の仕事が押したからということで、マネージャーが土下座せんばかりに詫《わ》びを入れてきたが、高井戸の目は誤魔化せない。

遅刻の原因は、十中八九、ヘソを曲げた三國伊知郎の、舞台の段取りやスタッフの迷惑を顧みない、駄々っ子のごときわがまま。

セリフや出のタイミングをとちり捲《まく》ったのだって、予期せぬ遅刻に気持ちが焦ったからではなく、未だに勘と雰囲気だけに頼って、伊知郎自身がきちんとシナリオを頭に叩《たた》き込んでいないからだ。

言うまでもなく、それが演じる役者達からの提案や意見であれば、自分自身、もとは役者だったことからも、高井戸には演出の変更を要望するその声に、耳を傾けるだけの度量はあるつもりだ。

しかし、何の主義主張もなく、ただ単に雰囲気でその場その場を流していくだけの役者には、とてもじゃないが付き合い切れない。

だいたい、実際にそのシナリオを書き、緻密《ちみつ》に舞台を創《つく》りあげていく演出家として、そんな役者とも思えない気紛れに突き合わされるほど、バカにされることがあるだろうか。

いくら客を呼べるネームバリューがあるか知れないが、高井戸の堪忍袋の緒も、いい加減で限界だ。

『ふざけやがって！』

当然のことながら、個人的にも苛立《いらだ》っていた高井戸は、あくまでもにこやかな三國伊知郎の隣に立つだけは立ちながらも、終始、憮然《ぶぜん》とした表情を崩さなかった。

役者時代にならいくらでもマスコミの要望に応えるお調子者にもなれたが、演出家として、どうにも納得のいかない新作の出来に、とてもじゃないが高井戸は、その不出来の根源ともいえる三國伊知郎を、愛想笑いで守り立ててやる気にはなれなかったのだ。

『伊知郎のヤツ、この会見が終わったら、性根を叩き直してやる！』

傍目《はため》には、そう酷《ひど》く映らなくても、高井戸本人が納得できない新作は、結果としては大失敗。

残り一週間では、どうなるものでもないだろうが、せめて自分が書いたシナリオだけは、完璧にその空《から》っぽの頭の中に叩き込んでやらなくては、演出家としての高井戸の気が納まらない。

新作をやらせてくれるという甘言に乗せられて、キャスティングに口出しできない仕事を受けてしまった自らの浅はかさを恨んでみたところで、すべては後の祭り。

とにかく、その時の高井戸は、三國伊知郎の役者としての自覚のなさに、猛烈に腹を立てていたのだった。

だが、さすがにタレントあがりの若い女性レポーターが、そんな、とんでもない質問をしてさえこなければ、いくら腹に据えかねていたからとはいって、高井戸だって、そこまでの暴言は吐かなかったに違いない。

「高井戸さん、歌って踊れるスーパーアイドルの伊知郎くんなら、本場のブロードウェーも夢じゃありませんよね？」

瞬間、高井戸の頭に浮かんだのは、『バカじゃないのか、この女？』というひと言だった。

そして、恐ろしいことに高井戸は、頭に浮かんだまま、気がついたときには、次に続く強烈なセリフを実際に口走っていた。

「こんなシナリオもロクに覚えられないような空っぽ頭のジャリタレ、ちょっとくらいお歌とお遊戯ができたところで、ブロードウェーで使いものになるわけないだろう！」

確かに、心のどこかでそう思っていたとはいえ、こんな辛辣《しんらつ》極まりないセリフを、選りにも選って、ぐるりと周りを取り囲んだ芸能レポーター達に向かって吐くなんて、とても正気の沙《さ》汰《た》とは思えない。

「代役の方が、よっぽど俺好みの役者だ！」

そして、気持ちの抑制を失って叫んでしまった高井戸の視線の先、客席の最後列に座っていたのは——。

「奏也！」

身を乗り出して、その名前を叫んだ高井戸の声につられて、一斉に客席方向を振り返る芸能レポーター達の群れ。

『あ…！』

突然、叫ばれた自分の名前に気圧《けお》されて、思わず、その場に立ち上がってしまった奏と、そんな奏を、舞台上から射抜くように鋭く見つめる高井戸。

客席という巨大な空間を挟んで、猛烈に絡み合う二人の視線——。

『た、高井戸さん…っ！』

奏を襲う、切れてしまいそうなほどの緊迫感。

だが、高井戸が一歩、前へ踏み出した瞬間、奏は身を翻していた。

「奏也！」

呆気にとられるレポーター達の背を押し退けて、高井戸は、ひらりと舞台から飛び降りると、一気に客席通路を駆け上がり、逃げた奏也の後を追った。

二重になった防音扉を押し開け、二階ロビーに走り出て、三階席へと向かう階段を駆け上る。

逃げていく、その小さな背中を全力疾走で追いかけていきながら、高井戸には、自分がなぜこんなにも必死になっているのかわからなかった。

主役の三國伊知郎をこき下ろす暴言を吐いた挙げ句に、マスコミ相手のインタビューを蹴散《けち》らして、単なる無名の代役でしかない奏也を追っている高井戸。

ひどくバカげたことをしているという自覚が、高井戸の頭にははっきりとあった。

しかし、追わずにはいられない。

冷静で真っ当な理性を、熱くオーバーヒートする感情が、完全に押し退けていた。

「奏也っ！」

スポーツなんかにはまるで縁がなさそうに、少し緩慢に思えるほど、いつも醒めて白けた態度を崩さないのが嘘のように、仔リスのごとき俊敏さで逃げていく奏也。

捕まえようと伸ばした高井戸の長いリーチから、奏也の細い軀は、指先数センチのところでスルリと逃げていってしまう。

けれど、二人の間に歴然とある、身長差からくるコンパスの長さの違いが、すぐに追いかける高井戸に味方した。

「奏也っ！」

天井桟敷へと向かう階段の踊り場で、ついに高井戸は、奏也の肩先に指をかけた。

前へ進もうとするのを、後ろに引き戻されて、バランスを失う奏也の細い軀《からだ》。

そのまま力尽くでクルリと反転させられて、勢いに負けて床に転がりそうになった奏也の軀を、危険な転倒から救ってくれたのは、当然のことながら、その薄い肩先を鷲掴みにした高井戸の逞《たくま》しい腕だった。

「危ないっ！」

「…っ！」

バランスを崩したまま、グッと引き寄せられるままに、高井戸の腕の中に落ちた奏也の軀。激走に乱れて上がる息。僅《わず》かに汗ばむ素肌の感触。触れ合った指先から感じる熱い体温。

そして、これまでにない至近距離で、真正面から見つめ合う瞳と瞳――。

瞬間、高井戸は頭の中が、カッと音を立ててショートするのを感じた。

襲ってくる、切羽詰まった熱い衝動。

『あ…っ！』

榛色《はしばみ》の大きな瞳を、零《こぼ》れ落ちそうなほど見開いたまま、奏はその唇を、噛みつくような口づけで塞がれていた。

「っ、ん…っ！」

言葉はおろか、肺の中の最後のひと息までも、根こそぎ奪っていこうとするかのような、荒々しく強引な口づけ。

狂暴なエイリアンのように侵入してくる、傍若無人な舌の蠢《うごめ》きに翻弄《ほんろう》されて、奏は今にも気が遠くなってしまいそうだった。

まるで窒息と紙一重の呼吸困難。

今にも昇天してしまいそうな酸欠状態に、奏の脳細胞が、頭の中でバラバラになっていく。

もう何も考えられない――。

だが、次の瞬間、食い殺されそうな口づけから、奏は投げ出されるように、唐突に解放されていた。

「…?」

酸欠でガンガンする頭。

そして、焦点さえ定まらない瞳で見上げた先に、奏が目にしたものは――。

『…っ!』

頭のてっぺんから、一気に冷水を浴びせかけられたような気分。

驚愕《きょうがく》とも戸惑いともつかない、酷《ひど》く混乱した眼差しが、まるで信じられないものを見るように、奏の顔を見つめている。

「あ…」

全身の毛が逆立つような、ゾッとする一瞬。

刹那《せつな》、奏は悟った。

いったい、いつの時点から、今日の奏は《奏也》の仮面と鎧を着け忘れていたのか。

そう、今の奏は裸も同然。

十分な間合いに気をつけて、決してその手の内に落ちてはならないと、あれほど麻子から釘《くぎ》を刺されていたというのに、奏はとうとう禁を犯してしまった。

見開かれた、美しい黒曜石の瞳に映し出されている、今の奏の姿は——。

「いやっ！」

悲壮なほどの絶望感に駆られて、奏は思い切り高井戸の胸を押し退けた。

ついに剝がれてしまった《奏也》の仮面。

あまりにも信じがたい成り行きに、呆気にとられたせいなのか、奏の躯を抱いていた高井戸の腕は、意外なほど簡単に解けた。

後はもう、脱兎《だつと》のごとく逃げ出すしかない奏。

『もうお仕舞いだ…！』

必死に逃げ上ってきた階段を、今度は転がり落ちるように駆け降りていきながら、奏の心は絶望と混乱に、狂ったように叫び続けていたのだった。

＊　＊　＊

麻子のマンションに逃げ帰って迎えた三日目の朝――。

男の子は泣かないものだとは言わないけれど、末っ子で甘ったれの奏をしても、丸々二日間をベッドで泣き明かしたのは、それが生まれて初めての経験だった。

もちろん、すべては奏の自業自得。

泣いたって仕方がないのは百も承知で、それでも、二度と再び、《奏也》としてさえ、自分は高井戸と会えなくなってしまったのだと思うと、まるで涙腺《るいせん》が壊れてしまったみたいに、奏の瞳からは涙が溢《あふ》れ出てきて止まらない。

どうして、あの時、追ってくる高井戸の手から逃げ切れなかったのか。

せめて、《奏也》の仮面と鎧で、完全武装できなかったものか。

『高井戸さん…っ！』

悔やんでも悔やみ切れない思いが、奏の胸を締めつける。

そう、高井戸は絶対に気づいてしまった。

あの一瞬、姿形ばかりは《奏也》でも、自分の腕の中にいる相手が、まるで見知らぬ別人だったことに、高井戸は気づいてしまったに違いないのだ。

奏には、自分の姿を映して大きく見開かれた、高井戸の驚きに満ちた黒い瞳の色が、脳裏に焼きついて忘れられない。

『ああ、高井戸さん……！』

恐れていたXデーは訪れ、奏は身の破滅をもって、高井戸を永遠に失ってしまった。

それなのに、奏の心には、高井戸蓮が少しも色褪《いろあ》せずに棲《す》みついたままだ。

今も奏の唇に残る、灼《や》けるように熱い口づけの記憶――。

「うっく……！」

込み上げてくる、胸を掻き毟《むし》りたくなるような切なさに、榛色の瞳に、新たな涙が溢れ出してきた。

『高井戸さん……！』

そう、これではまるで、五年前と同じ――。

いや、同じどころか、事態は五年前とは比べものにならないくらいに悪化している。

高井戸への自らの恋心に気づいてしまった奏は、この報われない切なさを、これからどうやって胸に抱えて生きていけばいいのだろう。

もう二度とは会えない高井戸蓮。

新しい一歩を踏み出すどころか、あの二度目の口づけで、奏は後戻りできる最後の扉まで失ってしまった。

既に舞台に幕は降り、観客は去ってしまったというのに、最後のセリフを言い損なった奏は、上手《かみて》にも下手《しもて》にも引っ込めないまま、ひとり舞台の上に取り残されてしまったのだ。

『高井戸さん…っ！』

襲ってくる、絶望と悲哀の叫び――。

けれど、悲劇的な結末に打ち拉《ひし》がれ、その涙と哀しみに、世界の終わりまで浸っている暇は、奏には与えられなかった。

「そんなところに、いつまで蹲《うずくま》ってるつもりだ！」

突然、頭上に降ってきたのは、堤《つつみ》の怒声。

荒々しく部屋に踏み込んできた堤の手で、頭から被っていたタオルケットを剝ぎ取られた奏は、さながら《奏也》という仮面と鎧を奪われた、哀れな因幡《いなば》の白兎《しろうさぎ》のようだった。

「つ、堤さん…！」

怒りに爛々《らんらん》と輝く双眸《そうぼう》。濃い疲労の痕《あと》を窺《うかが》わせる目の下の隈《くま》。強い憔悴《しょうすい》の色。

泣き腫《は》らした奏の瞳が見上げた堤の顔は、あたかも怒りに凝り固まった、凄まじい般若《はんにゃ》の形相を呈していた。

「甘ったれるのも、いい加減にしろ！」

言うが早いか、堤は奏のパジャマの襟首を摑《つか》むと、乱暴に居間へと引き摺り出した。

「やめてよ、堤！　こうなったのは、奏だけのせいじゃないわ！」

「うるさい、麻子！　お前は黙ってろ！」

いつもは尻《しり》に敷かれっぱなしの麻子の声にも怯《ひる》まず、堤は引き摺ってきた奏の軀を、力任せにソファーの上に投げ出した。

「見てみろ！」

堤の手で、リモコンが壊れんばかりの勢いでつけられたテレビ。

『こ、これは…！』

信じられない思いに、奏はその榛色の瞳を見開いた。

画面を走る、センセーショナルな文字と言い回し。

まるで犯罪者のように、並べて画面に映し出されている、三國伊知郎と高井戸蓮の顔写真。

三日前、舞台上で行なわれた会見で吐かれた、三國伊知郎に対する高井戸の暴言が、そこだけ切り取ったように繰り返しテレビ画面に流され、訳知り顔の芸能レポーターが、これまでの経緯のある事、ない事を、盛んに喚き散らしている。

奏が絶望の涙に打ち拉がれていた二日の間に、永遠に幕が降りたとばかり思っていた舞台は、実は第二幕を開けていたのだ。

「この騒ぎで、三國伊知郎は、正式に舞台からの降板を宣言したぞ」

「つ、堤さん…っ！」

怒りを込めて、低く囁かれた堤の言葉に、奏は二の句がつげなかった。

しかも、いくら芸能界には付き物だとはいえ、本番当日まで既に五日を切った状況で勃発《ぼっぱつ》した一大スキャンダルに、三國伊知郎についていたメインスポンサーまでもが、その降板と同時に、興行自体からの撤退を表明したのだという。

実にもう、二進も三進もいかない状況。

メインのキャストとスポンサーを失った舞台は、十中八九、その幕を上げることはできない。ハリウッドやブロードウェーと違い、仕事をするに当たって、その条件や待遇、或《ある》いは違反の罰則等について、細かく設定した契約書をいちいち取り交わさない、何かと後になっての変更に都合のいい日本の芸能界の慣習が、今回は思わぬ形で仇《あだ》になった格好だ。

チケットは既に完売。これまでの経費と未払いの費用を考えれば、メインスポンサーが降りた今、客への払い戻しは不可能だ。

つまり、その見事な辣腕ぶりで、業界でも一目置かれる存在でありながらも、フリーの一匹狼《おおかみ》で仕事をする堤にとって、こうした形での興行の失敗は、即ち、プロデューサーとしての身の破滅を意味する。

「是が非でも初日の幕を開けて、三週間の興行を成功させる！」

「で、でも、堤さん…」

立ち上がった堤に、真上から捩《ね》じ伏せるように強い視線でじっと見据えられて、奏は怯えた瞳でその顔を見上げた。

そして、次の瞬間、奏は否応なく、開いてしまった第二幕の舞台へと引き摺り出されていた。

「奏、お前には、この落とし前をつけてもらう！　麻子、コイツの腫れ上がった泣き顔を、夕方までに何とかしろ！　スキャンダルを逆手にとって、こっちも記者会見だ！」

強い意志をもって宣言する堤に、ただ茫然《ぼうぜん》とするばかりの奏。

進退窮まった絶望的な状況とはいえ、堤は本気で、三國伊知郎の代役を奏に演じさせようというのだろうか。

『そんなの無理だ…！』

確かに、芝居だけの問題なら、未だに雰囲気だけでちゃらちゃらと主役を演じている三國伊知郎よりは、奏の方がずっと、高井戸のコーネリアスを理解して演じ切る自信がある。

けれど、どんなに完璧な芝居をしたからといって、まったくの無名の新人である奏のコーネリアスと、実力派ながらも、既に人気のピークは下り坂へ向かいつつある江崎竜二のブラッドでは、三國伊知郎を見にくる観客を納得させることは不可能だ。

いくら評論家に褒めそやされ、新聞の批評欄を絶賛の記事で埋めたとしても、実際に劇場まで足を運んでくれたお客を満足させられなければ、それはエンターテイメントとしての失敗を意味する。

「堤さん！　いくら何でも、僕に三國伊知郎の代役なんて務まらないよ…っ！」

泣き腫らした瞳で必死に首を振った奏に、しかし、堤は一歩も譲らなかった。

「いいから、お前は《奏也》に成り切ってろ！　芸能レポーターに何を言われても、困ったことになりましたねって顔で澄ましてるんだ！　黙ってさえいれば、お前の見てくれは、三國伊知郎なんか目じゃないんだからな！　とにかく、ラスト三日間、ワイドショーを煽《あお》りに煽って、観客の関心を釘づけにするんだ！」

「つ、堤さん…」

なるほど、ワイドショーで華々しく取り沙汰《ざた》されれば、最初の数日間の観客達は、それが興味本意からくる覗《のぞ》き趣味であれ、とりあえずはチケットの払い戻しを思いとどまってくれるかもしれない。

だが、その後の観客達は——？

役者として、彼らを繋《つな》ぎ留めるだけの自信がない奏は、再び弱々しく首を振ったが、そんな奏の弱腰を、堤は決して許そうとしなかった。

「俺のためにできないって言うんなら、高井戸のためにやれ！」

「た、高井戸さんのため…？」

驚きに、大きく瞳を見開く奏の襟首を掴む、堤の大きな手。

「そうだ！　今回の興行が、このままスキャンダル塗《まみ》れの大失敗に終わったら、今後、高井戸は日本での活動のチャンスを数年間は失う！　それに、負債総額が大きくなれば、マスコミの前で暴言を吐いた高井戸を、スポンサーの手前、俺は訴えなくちゃならなくなる！」

火を噴くような堤の怒声に、奏は声をあげることもできなかった。

高井戸蓮に囚われたこの五年間を清算しようと、ちょっとした意趣返しのつもりではじめた企みが、こんな大問題を引き起こすことになるなんて、どうして奏に想像できただろうか。

自分の身勝手な悪戯心が、結果として招いてしまったとんでもない現実に、奏は今更《いまさら》ながらに愕然とさせられた。

『高井戸さん…！』

有無をも言わさぬ強い眼差しで、グッと自分を見据える堤を前に、すべての逃げ口上を失ってしまった奏。

あの五年ぶりの口づけに、脆《もろ》くも剥がれ落ちてしまった《奏也》の仮面を、奏は再び、高井戸の前に被らなくてはならなくなったのだ。

だが、高井戸は――。

奏は爪が白くなるほど強く、拳《こぶし》を握り締めた。

すべての企みが露見してしまったに違いない現在、高井戸の黒い瞳に、今度こそ、猿芝居以下に映るだろう《奏也》を演じる奏の芝居。

だが、課せられた贖罪《しょくざい》から逃れることは許されない。

『高井戸さん…っ！』

絶望的な思いに駆られる奏の前に、テレビの画面だけが、延々と三國伊知郎を巡るスキャンダルを流し続けていた。

＊＊＊

舌を失ったように堅く押し黙り、浅く腰掛けた椅子《いす》に、石になったように動かない奏の周囲で、時は瞬く間に過ぎ去っていく。

「よし、完璧なデキだ！」

じっと俯いていたその細い顎に指をかけた堤が、上向かせた奏の顔に、自信の笑みを浮かべた。

麻子が呼んだメイキャップアーティストによって、生まれて初めて連れていかれたエステティックサロンで、マイナス百八十度とかいう冷気マッサージを念入りに施された後、ミイラのようにバンデージでグルグル巻きにされた奏の顔からは、夕方までの僅かな時間で、驚くほど腫れが引いていた。

憔悴し切っていた目の下に、絶妙のタッチでハイライトを入れられた奏の顔は、丸々二日間を泣き明かした挙げ句に、見る影もなく腫れ上がっていたのが嘘のように、すっきりとその美貌が甦《よみがえ》っている。

弓なりの優美な眉の下に、神秘的に煌《きらめ》く榛色の大きな瞳。美しい隆起を見せる繊細な鼻筋。物憂い表情を浮かべる、桜色の小さな唇。シュッとコケティッシュに尖《とが》った小さな顎先。

三國伊知郎の華やかな姿形に熱を上げている女達が、この息を呑《の》むような奇跡の美貌に、その瞳を釘づけにされないはずがない。

「さすが麻子の知り合いだ！　大した腕だぜ！」

予想以上の奏の復活ぶりに、堤は今夜の記者会見の成功を確信した。

ワイドショーを使って大衆の好奇心を煽るのは邪道でも、最初の一週間、いや、せめて三日間なりとも、客の足を劇場へ運ばせることができれば、敏腕プロデューサーである堤には、この公演を乗り切る絶対の自信があった。

高井戸蓮をニューヨークからわざわざ呼び寄せたのは、単に昔馴染《むかしなじ》みだからというだけではなく、ましてや、ミーハーな日本人が好んで飛びつきそうな、そのルックスと経歴に目をつけたというのでもない。

それはもちろん、ビジネスとしてそれが成り立つのかどうか、プロとしてのシビアな計算もし、絶大な宣伝効果を狙って、役者でもない高井戸本人をメディアに露出させもした。

けれど、堤がニューヨークの高井戸にコンタクトを取ったのは、その卓越した才能に、プロデューサーとして純粋に惚《ほ》れ込んだのがいちばんの理由だ。

別の仕事でたまたま訪れたニューヨークで、現地スタッフに、おもしろい舞台があるから行ってみないかと誘われて、堤がオフブロードウェーの小劇場に足を運んだのは二年前。トニー賞候補にもなった《デッド・エンド》が幕を開けて間もない頃だった。

まさかそんなところで、自分が旗揚げした《アイコニクス》をぶっ潰した原因とも言える男、高井戸蓮の名前と出会おうとは、堤にとって、正に青天の霹靂《へきれき》だったのは言うまでもない。

だが、観終わった舞台は、堤の高井戸に対する個人的な恨みつらみを忘れさせるに十分な感動と、新鮮な衝撃をもたらした。

あれから二年――。

高井戸蓮という才能を、日本へ逆輸入する機会を、堤は虎視眈眈《こしたんたん》と狙っていたのだ。

果たして、堤が期待したとおり、高井戸が引っ提げて来日を果たした《終焉のラブ・アフェア》は、古典的な主題を扱っていながら、素晴らしくエキサイティングな作品で、堤は改めて高井戸蓮の脚本家としての才能に惚れ直してしまった。

『幕さえ上がれば、高井戸の舞台は絶対に客を魅了する！』

確信する堤にとって、どんな策略を巡らせてでも、幕を上げる算段をするのが、舞台を成功に導くプロデューサーの仕事だ。

そして、堤の手には、一か八かの賭《か》けを、絶対の成功に変える切り札が握られていた。

「いいか、奏、千秋楽の幕が降りるまで、お前は《奏也》だ！」

初日の幕を開けるための、一か八かの勝負を賭けた記者会見まで、あと一時間あまり。

人形のように押し黙った奏の薄い肩を、堤はその大きな手で力強く握り締めたのだった。


一方、慌ただしく堤が去っていった控え室に、ひとり取り残された奏は、能面のように無表情な美貌の下で、猛烈な恐怖と不安に苛《さいな》まれていた。

奏の脳裏に繰り返される、『お前は《奏也》だ！』という堤のセリフ。

しかし、堤は奏が高井戸に口づけされたことを知らない。

今や高井戸には、奏が本当は《奏也》ではないことが知られてしまっているというのに、どうして再び平気なふりで、《奏也》の仮面を被《かぶ》って、高井戸の前に姿を現わすことができるだろうか。

『バチが当たったんだ…！』

自分を見る、高井戸の興醒めした侮蔑《ぶべつ》の眼差しを想像しただけで、奏は無数の針が躯中に突き刺さるような羞恥《しゅうち》に居たたまれなくなる。

高井戸のあの黒い瞳に、三文役者にすら成り切れなかった不様《ぶざま》な姿を曝すくらいなら、この世の果てまで逃げおおせてしまいたいという思いが、奏の心をキリキリと締めつけてくる。

務まるかどうかも定かでない贖罪なんかは忘れて、優しく甘やかしてくれる麻子の胸の中に逃げ帰ってしまいたい。

舞台で相手役となるのは江崎竜二でも、高井戸の隣に座って記者会見を開くなんて、奏にはとても無理だ。

それなのに――。

「奏、時間だ」

呼びにきた堤の声に、奏は刑の執行を告げられた死刑囚のように、凍《い》てついた瞳をあげた。

もう逃げられない現実。

この絶望的な恐怖の状況に打ち勝つには、《奏也》の仮面がどうしても奏には必要だった。

そう、今の奏には、《奏也》に成り切るしか道はないのだ。

「行くぞ、奏也！」

まるで死刑執行の時を告げるように、その呼び名を変えた堤の声。

黙って、奏は立ち上がった。

『堤さんと…それから、高井戸さんのために…！』

悲壮な覚悟が、折れそうに細い奏の全身を包む。

どうやら隣の控え室にいたらしい高井戸が、堤の後ろに従って通路に出た奏の方を、振り返りもせず先に立って歩いていく。

『高井戸さん…っ！』

その広い背中に、奏は胸を掻き毟りたくなるような、猛烈な切なさを覚えた。

だが、今は先を行く高井戸と、瞳と瞳を合わせずに済んだのがせめてもの救い——。

瞬間、眩《まばゆ》いばかりのフラッシュの嵐が吹き荒れる刑場へと引き出された奏の顔は、完璧な《奏也》の仮面に覆われていた。

「高井戸さん！　高井戸さん！　答えてください、高井戸さん！」

まだ着席もしないうちから、ただ煽り立てるように連呼される名前と、無意味な問いかけの繰り返し。

けれど、喚き散らすように質問の声をあげながら、会場を埋めるレポーターの誰もが、突如として現われた美貌の青年の姿に、その視線を釘づけにされていた。

——あれは、いったい誰なのか？

疑問を囁き合う人々の声が、小波《さざなみ》のように会場いっぱいに広がっていく。

そう、誰の目にも、三國伊知郎を遥《はる》かに上回って、艶やかに美しく映し出されている《奏也》の姿。

あからさまな驚嘆と好奇の眼差しを向けてくるレポーターの群れに、奏也はフッと僅かにその口元を弛めて微笑《ほほえ》んだ。

向き合うのが高井戸ではなく、物見高いだけのマスコミなら、《奏也》の仮面を被った奏には、恐ろしくもなんともない。

堤の言うとおり、ただ堂々と胸を張って、頭の悪いレポーターの言葉になんか、いちいち取り合わず、醒めた魅惑の笑みを浮かべていればいい。

筋書きは堤と高井戸が練り上げているはずで、奏は与えられた《奏也》の役を完璧に演じ切るだけだ。

そして、切って落とされた、記者会見の一幕――。

「高井戸さん！　三國伊知郎くんが、アナタを名誉毀損で訴えるという話をご存じですか？」

「彼を訴えたいのは、こちらの方ですよ。演出家にこき下ろされたり、褒めそやされたりするのは役者の宿命。それを本番五日前になって、駄々っ子みたいに降板を喚き出すなんて、どこのショービジネスの世界で通用します？」

マイクを持って口火を切ったレポーターに、鋭く切り返したのは、高井戸のエージェントであるレオン・ヴァルドマンだった。

稽古に入った高井戸を残して、次の仕事の準備のために、一時ニューヨークの方へ戻っていたのが、今回の騒ぎで急遽《きゅうきょ》、東京《とうきょう》へ飛んできたのだ。

この会見が不首尾に終わり、予定された公演がオールキャンセルとなった場合、億単位にも上るかもしれない損害賠償について、高井戸が訴えられる可能性があるのだから無理もない。

「まったく、契約違反も甚だしい！　郷にいっては郷に従えといいますが、日本の芸能界も、少しはグローバル・スタンダードなモノの考え方をするようにならなくては、世界から置いていかれますよ！　ハリウッドでもブロードウェーでも、今回の三國伊知郎くんのような、子供じみて無責任な行動を起こせば、即刻、ショービジネスの世界からは抹殺されて、どんな場末のステージにも立てなくなる！　呆れてモノも言えませんよ！」

当然のことながら、流暢《りゅうちょう》な英語で捲し立てる、ブロンドにブルーアイズのレオンに、通訳を介してさえ、その場にいる誰もが気圧されて、高まっていた気勢が一気に削がれてしまったような格好だ。

日本人がその心の奥底に飼い続けている、金髪碧眼《へきがん》の外国人に対する恐怖症は、どうやら二十一世紀を迎えた今日も健在らしい。

そして、一挙に弱腰になったレポーター陣に、すかさず堤が斬《き》り込んだ。

「お互いに訴えるかどうかは別問題として、高井戸蓮の新作、《終焉のラブ・アフェア》の初日は三日後に迫っています」

「えっ！　まさか、三國伊知郎くんなしで初日の幕を開ける気ですか！」

「チケットの払い戻しをするんじゃないんですか？」

「それじゃ、まるで詐欺でしょう！」

予想どおり、矢継ぎ早に上がった非難の声に、堤は余裕の笑みで答えた。

「もちろん、三國伊知郎くんが降板したのは事実ですから、ご不満のあるお客様には、随時、払い戻しをお受けします。ですが、初日の幕は予定どおり、三日後に開けます。今夜はそのご挨拶《あいさつ》と、新しいキャスティングの紹介のために、皆様にお集まり頂いたわけです」

そう言って、堤はマイクを手に、ゆっくりと立ち上がった。

「ご紹介します。三國伊知郎くんに替わって、守護天使のコーネリアスを演じる、新人の秋津《あきつ》奏也です」

紹介の声に、この上もなく優雅な仕草で席を立った奏也に、一斉に注がれるフラッシュの嵐。

だが、会場が本当の驚きに包まれるのは、まだまだこれからだった。

「そして、その相手役を務める死神のブラッドには――」

一瞬、誰もがその発表に我が耳を疑い、次の瞬間、猛烈な驚きの声が会場中に響き渡った。

そう、堤が発表したブラッド役は――。

「高井戸蓮本人が、もうひとりの主役である死神のブラッドを演じます」

だが、会場中を呑み込んだ驚愕の中でも、奏ほど、この爆弾発言に度胆を抜かれていた人間はいなかったに違いない。

あまりの驚きに、すぐには言葉も出てこず、頭の中が真っ白になっていくばかりの奏。

実際、その瞬間の奏は、《奏也》の仮面で完全武装していてさえ、立っているのがやっとの有様だった。

『たっ、高井戸さんが…ブ、ブラッドを…っ！』

いっそうの激しさを増したフラッシュの嵐の中、今にも暗転してしまいそうな奏の意識。

贖罪のために奏が踏み切った第二幕は、想像を遥かに超えた苛酷《かこく》な幕を開けようとしていたのだった。

＊　＊　＊

今日で丸三日――。

あの悪夢のような記者会見から、奏はほとんど監禁状態で、稽古場に缶詰にされている。

『もう…動けない…』

軀中を軋《きし》ませる、痛みとも痺《しび》れともつかない疲労感。

憔悴し切って、壊れたように稽古場の床に転がる軀は、身動きもままならないほど疲れ切っているというのに、研ぎ澄まされた神経は異様に張り詰めて、奏に眠ることを許そうとしない。

まるで金縛りにあっているみたいに、バラバラの反応を示す頭と軀。

当初、芝居だけのことなら、自分のセリフがやっとで、脚本自体が頭に入っていなかった三國伊知郎なんかよりも、遥かに高井戸の脚本を理解してコーネリアスを演じられると、生意気にも自負していた奏は、記者会見が終わったその足で連れていかれた稽古場で、薄っぺらな自尊心を木っ端微塵に打ち砕かれてしまった。

――違う！　そうじゃない！　何度言ったらわかるんだ！

セリフを口にする度、或いは、動こうとする度、まるで奏の演技を全否定するかのように、情け容赦なく浴びせかけられる辛辣《しんらつ》な罵倒《ばとう》の数々。

江崎竜二を相手にしたあの三日間、あんなにも高井戸を満足させたはずの演技が、今は爪の先ほども気に入ってもらえない不条理。

――猿芝居はいい加減にしろ！　それでコーネリアスのつもりか？

他の出演者達が帰った後も、奏だけは、いや、奏也だけは稽古場を出ることを許されなかった。

マットレスの上で、怠惰に時間を潰していた日々が、まるで嘘のような猛特訓。

三國伊知郎に苛立っていた以上に、とにかく高井戸は、奏也のすべてが気にくわないらしい。

けれど、いくら稽古を繰り返したところで、初日までの残り僅かな時間で、いったい何がどうなるというのだろうか。

『やっぱり、僕には無理なんだ…！』

この五年間というもの、大舞台での主役どころか、役者としての経験自体、ほとんど皆無に等しい自らのキャリアを、改めて思い知らされるばかりの奏。

ちょっと《奏也》の演技が予想外に上手《うま》くできて、それを麻子や堤に褒められたからといって、すっかり一端《いっぱし》の役者になれた気になっていた自分が恥ずかしい。

麻子というブレインを欠いた奏は、所詮《しょせん》、見てくれがキレイなだけの三文役者で、三國伊知郎のようなビッグネームの代役が務まるような器ではなかったのだ。

それも、高井戸蓮を相手役にしては――。

『麻子ちゃん、助けてよぉ…！』

どうにもならない無力感に苛まれて、奏は床に転がったまま、両手で顔を覆った。

油断すれば、今にも剝がれ落ちてしまいそうになる《奏也》の仮面を、必死に被り続けているだけで、今の奏にはギリギリ精一杯。

この上、とても《コーネリアス》になんかなれるはずがない。

いや、最初から奏には、《奏也》以外を演じる能力などなかったのだ。

『それなのに、堤さんと高井戸さんのためになんて、お笑いだ…！』

贖罪を気取った、自らの愚かしさと無能さに、奏はひどく惨めに傷ついていた。

だが、何に傷ついているといって、再び稽古場で顔を合わせることになった高井戸の態度ほど、奏を酷く傷つけているものはない。

『高井戸さん…っ！』

考えまいとしても、どうしようもなく込み上げてくる切ない思いが、胸の奥をキリキリと締めつけてくる。

あの天井桟敷へと向かう階段の踊り場で、高井戸には、《奏也》なんて本当は存在しない幻想だと、すっかりバレてしまったはずだ。

奏を見つめて、信じられない思いに大きく見開かれていた高井戸の黒い瞳。

そう、目も眩《くら》むようなあの瞬間、残酷なほど甘く激しい口づけに曝されていたのは、《奏也》ではなく奏自身だったのだから――。

『高井戸さん…！』

切ない哀しみに、奏の心が悲鳴をあげている。

それなのに、あの瞬間、バカげた茶番劇に気づいたはずの高井戸は、まるで何事もなかったかのように、ひと言も奏を追及してこようとはしない。

徹頭徹尾、高井戸にとっての奏は、《奏也》でしかないという現実。

高井戸は《奏也》の仮面の下から現われた奏の顔になど、これっぽっちも興味を示してくれなかった。

いや、こんな事態に陥ってしまっている現在、伸《の》るか反るかの大勝負を目前にした高井戸が、自らの新作舞台の成功に、すべてをかなぐり捨てて没頭するのは当然のことなのだ。

けれど、自分にとっては丸々二日間、絶望と後悔と切なさに苛まれて泣き明かしたほどの口づけが、高井戸にとっては、わざわざ蒸し返すほどのこともない、取るに足らない些末《さまつ》事でしかなかったのだと思うと、奏の胸は切り裂かれるように痛む。

そう、結局は五年前の、あの楽屋での口づけと同じ――。

夢中になっているのは奏だけで、高井戸の方では、奏になんか鼻も引っかけてくれはしない。

それどころか、高井戸が相手にしているのは、どこまでいっても《奏也》なのだ。

『僕は奏也じゃなくて…奏なのに…！』

すべては身から出た錆《さび》とはいえ、高井戸への恋心を自覚してしまった奏にとって、《奏也》の仮面の下にいる奏自身を無視されるのは、身を切られるように辛かった。

いっそ、謀られたと気づいた高井戸が激高《げっこう》して、自分を殴りつけでもしてくれたら、どんなにか奏の心も救われたかしれない。

それなのに高井戸は、あくまでも奏を、実際には存在しもしない《奏也》として扱う。

そして、今の高井戸は、明日に迫った舞台を成功させるに足る《コーネリアス》を、巧く演じることだけを《奏也》に求めている。

高井戸にとって、垣間《かいま》見《み》えたはずの奏自身など、まったく必要とされていないのだ。

「…っく！」

堪え切れない切なさに、奏は胸を掻き毟って嗚咽《おえつ》を漏らした。

胸が張り裂けてしまいそうなほど、その心を深く囚《とら》われ、高井戸を求めているのは、今も昔も奏の方だけ。

恋しい高井戸の黒い瞳が映し出すのは、奏ではなく、《奏也》の仮面だけなのだ。

それなのに――。

「奏也！　いつまで床に転がってるつもりだ！　休憩時間は終わりだ！」

深夜の稽古場に響き渡る、厳しい演出家の怒声。

打ちのめされて、惨めに稽古場の床に転がる奏を、高井戸の強い腕が容赦なく引き起こす。

「もう一度、三幕のアタマからだ！」

この三日間、もう何十回繰り返したかわからない、《終焉のラブ・アフェア》のクライマックス・シーンの稽古。

けれど、もっとも観客の心を掴み、感動へと誘わなくてはならないこの最終幕を、奏はもちろん、まったくと言ってよいほど演じ切れていなかった。

なぜなら、奏が演じなくてはならない《コーネリアス》という役は――。

『僕にできるわけない……！』

メビウスの輪のように、決して抜け出せない絶望感に、奏は切れそうなほど唇を噛《か》み締めた。

そう、高井戸の《終焉のラブ・アフェア》の中で、コーネリアスは美少女イリスの魂の救済を願いながら、何世紀にもわたって、そのイリスの命を奪う死神のブラッドから、熱烈に愛され続けている。

耽美《たんび》で時代遅れとも思える主題が、軽妙で独特のコメディータッチで展開していくなか、奇妙な三角関係で結ばれている美少女と天使と死神の物語。

その魂を穢《けが》す罪を犯すほど愛した恋人に、その姿形が瓜《うり》二つのブラッドに、盲目的な思いを捧《ささ》げては命を狩られ続けるイリスを庇護しながら、頑《かたく》なにブラッドの求愛を拒み続けるコーネリアスは、しかし、舞台のクライマックスで、ついに自分自身の心を解放して、ブラッドの愛を受け入れる。

そして、前世でも来世でも、既に恋人の心が自分にないことを悟ったイリスの魂は、天使と死神の腕に抱かれて、とうとう昇天の時を迎える。

この陳腐で古典的な恋物語は、けれど、卓越した高井戸の脚本と演出によって、驚くほど生き生きと新鮮に、観客の心を魅了するだろう。

だが、現実には高井戸から見向きもされない奏が、舞台の上では高井戸が演じるブラッドから、何百年にもわたって口説かれ続け、それを袖《そで》にし続けているコーネリアスを演じなくてはならないという皮肉はどうだろう。

そう、まるで本当は高井戸に魅《ひ》かれていながら、その瞳を欺く《奏也》という別人を演じてきた奏自身のように——。

あの代役を務めた夢のような三日間、殊更《ことさら》に頑張らなくても、奏也に成り切る特訓を積んできた奏に、コーネリアスを巧みに演じられたのは、ある意味、道理だったのだ。

けれど、今の奏には、あの時のように素直には、コーネリアスを演じることができない。

なぜなら、今の奏の相手役は、代役のときの江崎竜二ではなく、高井戸蓮本人なのだ。

高井戸を相手に、真正面からコーネリアスを演じてしまったら、きっと奏は気づかれてしまうに違いない。

思わせ振りで、醒めて魅惑的な《奏也》の仮面の下で、どうしようもなく高井戸に焦がれ、恋してしまっている奏自身の真実を、嫌というほど高井戸の前に曝してしまうとしたら――。

――なんだ、コイツ、結局、俺のことが好きなんじゃないか?

バカげた策略を必死に張り巡らせていた割りには、あまりにお粗末すぎるコトの真相を知られたとき、自分を見つめる、蔑《さげす》みに満ちた高井戸の黒い瞳を想像しただけで、奏は躯中が恐怖に竦んで動けなくなってしまう。

それは、《奏也》の仮面の下にいる、本当の自分にも目を向けてほしいという、奏の気持ちとは、ひどく矛盾しているかもしれない。

けれど、光り輝くスポットライトの中で、自分を愛してくれるブラッドの腕に抱かれ、暗転して立ち戻った現実で、愛する高井戸の腕に突き放される――そんな残酷な仕打ちに、千秋楽を迎える日まで、三週間も耐え続けるなんて、とても奏には考えられない。

おまけに、最後の幕が降りてしまったら、今度こそ高井戸は、奏の前から完全に姿を消してしまうのだ。

『いやだ、できない…！』

報われなかった五年分の思いにケリを付けるべく、勝手な復讐劇を画策したつもりが、気がつけば、囚われた高井戸への思いから、既に逃れられないほど深みにはまってしまっている奏。

今の奏は、奏也にも、コーネリアスにも、そして、奏自身にすら成り切れていない。

いくら高井戸から「演《や》れ！」と駆り立てられても、こんな気持ちのまま、今夜の初日を迎えるなんて、奏には絶対に不可能だ。

クライマックスで、観客の心を舞台に魅き込むどころか、きっと奏自身、高井戸が演じるブラッドの前から逃げ出してしまう。

「——《わたしはイリスの守護天使！　死神に用はない！》」

「奏也！」

どこまでも逃げ腰なコーネリアスを、それでも必死に《奏也》として演じるしかできない奏に、吠えるような苛立ちと怒りを顕《あらわ》にする高井戸。

だが、奏にはどうすることもできない。

「――《お前を愛しているんだ、コーネリアス！　俺から逃げるな！》」

必死に耐える奏の心を、ズタズタに引き裂いて傷つける、残酷なブラッドのセリフ。

『ああ、高井戸さん…！』

精神的にも、肉体的にも、既に奏は限界を超えていた。

そして、運命の幕開けの時まで、あと僅かに十数時間――。

『高井戸さん…』

少しずつ青みを帯びて、ゆっくりと夜が明けてきた稽古場の床に、奏は徐々に力なく、疲れ切ったその意識を吸い込まれていった。

稽古場を満たす、静寂の時――。

やがて、すっかり意識を手放して、壊れた人形のように動かなくなった奏の細い軀に、そっと大判のバスタオルを着せかけてやる男の影が、薄暗い稽古場に動いた。

「――俺のコーネリアス…」

寝乱れた絹糸のような髪に、その長い指をそっと差し入れた死神の囁きは、眠りに落ちた奏の耳には届かなかった。

高井戸が吸うキャメルの細い紫煙が、夜明け前のほのかな光の中、あたかも残像のように、横たわる奏と、その傍らに腰を下ろした高井戸のシルエットを、深い群青色に浮かび上がらせていたのだった。

そして、ついに迎えた幕開け直前のとき――。

「予想以上の入りだ！　払い戻しどころか、当日券の立ち見まで出て、客席は満員御礼だ！」

いくぶん興奮気味の堤が言うとおり、開場した途端、《終焉のラブ・アフェア》の初日の客席は、数え切れないほどの観客で埋め尽くされていた。

突然の三國伊知郎の降板劇から一週間、ワイドショーは引っ切りなしにスキャンダルを垂れ流し、その唇に不敵な笑みを浮かべるニヒルな高井戸蓮の美貌が、テレビ画面に大映しにならない日はなかったのだから無理もない。

高井戸蓮の冴《さ》えて華やかな姿形は、ある意味、人々の目に馴染みすぎたアイドルの三國伊知郎よりも、よほど大衆の心を捉えて離さない魅力に溢れている。

そして、もちろん、名うての芸能レポーター達の視線を釘づけにした、三國伊知郎を遥《はる》かに凌《しの》ぐ秋津奏也の美貌が、加熱する視聴率を煽る最高の小道具になったのは言うまでもない。

なにせ有名人の三國伊知郎や高井戸蓮と違って、ずぶの素人《しろうと》と言っても過言ではない秋津奏也のプロフィールは、まるっきりの謎《なぞ》。

その姿が美しければ美しいほど、謎がその美しさに更なる磨きをかけ、人々の好奇心を猛烈に掻き立てる。

三國伊知郎と高井戸蓮をスキャンダルの全面に押し出す反面、代役を務めることになった秋津奏也については、その並はずれて人目を魅く容姿を惜し気もなくメディアに提供するだけで、素性については一切を非公開にした堤の策が、見事に当たった格好だ。

けれど、満場の客席に沸き立つスタッフ達を余所《よそ》に、楽屋の片隅で膝を抱える奏の心は虚《うつ》ろだった。

結局、本番前の最後のリハーサルでも、《奏也》の仮面にしがみついているのがやっとで、《コーネリアス》に成り切れなかった奏は、舞台に何の手応えも得られなかった。

それどころか、高井戸と真正面から向き合うことに恐怖した奏は、高井戸とまともに瞳を合わせることすらできなかった。

本番直前とあって、さすがに他のキャストやスタッフの手前、そんな奏を高井戸が、頭ごなしに罵倒することはなかったけれど、敢《あ》えて一言の文句も口にしようとしなかったその冷たさが、却《かえ》って奏の心を萎縮させた。

必死に被った能面のような《奏也》の仮面の下で、奏は今にも声をあげて泣き出してしまいそうだった。

『絶対に失敗する……！』

奏を襲う、押し潰されそうに猛烈な不安。

燦然《さんぜん》と光り輝くスポットライトに照らし出された舞台で、競りに引き出された哀れな仔牛のように、惨めに打ちのめされて死に絶える運命。

それでも、奏がもっとも恐れているのは、やはり、高井戸のあの黒い瞳に映し出される、自分自身の姿だった。

『高井戸さん……っ！』

否応もなく、ひたひたと忍び寄ってくる絶望の予感。

そして、死刑執行の時に怯《おび》える奏の耳に、開演十五分前を告げるベルの音が、無情にも鳴り響いた。

『いやだ……っ！』

瞬間、奏は弾かれたように、座っていた椅子から立ち上がっていた。

この場から逃げ出したいという本能が、滅茶苦茶に奏の躯を突き動かして、その足を楽屋口へと向かわせる。

しかし、駆け出した奏の足が、楽屋口の外へ踏み出すことはなかった。

まるで逃げる奏を予測していたかのように、高井戸の大きな躯が、楽屋口を塞いだからだ。

「衣裳《いしょう》も着けないで、どこへ行くつもりだ？」

「た、高井戸さん……！」

奏の行く手を阻んで、楽屋口の柱につかれた高井戸の長い腕。

息を呑んだ切り、奏には二の句がつげなかった。

《奏也》の仮面を被って、高井戸を謀《たばか》ろうとした奏を口汚く罵《ののし》って責めない代わりに、高井戸は自分の手で奏を刑場へ引き摺り出す気なのか――。

『許して……！』

けれど、今にも口を衝《つ》いて出そうになってしまった、情けない哀願の言葉は、奏の唇から零れ落ちることはなかった。

『カッコいい……！』

猛烈に切羽詰まった自らの状況を、思わず忘れ果ててしまう一瞬。

ゲネプロやリハーサルで、もう何度も目にしているはずの高井戸の姿に、それでも、奏は瞳を奪われずにはいられなかった。

黒装束の長いマントに身を包んだその姿は、正に漆黒の死神そのものの妖《あや》しさと美しさ。

瞬間、五年前、初めて舞台の上に高井戸の艶姿《あですがた》を目の当たりにしたときを、奏は鮮やかにその脳裏に蘇《よみがえ》らせていた。

そして、我を忘れて高井戸を訪ねていった楽屋口で、あの日、奏は――。

『あ…っ！』

一瞬にして引き戻される、鮮やかすぎる五年前の記憶。

――僕、あなたみたいな役者になります…！

あの日、そう叫んで自分の運命を決めたのは、奏自身だった。

この報われない五年間を選び取ったのは、他の誰でもなく、奏自身だったのだ。

「逃げるなよ」

不意に、甦ってきた自らの記憶に愕然としている奏の顎先を、高井戸の長い指が捕らえて上向かせた。

「お前は俺のコーネリアスだろ？」

黒衣の死神の瞳が、磨き込まれた鏡のようにくっきりと、目の前にいる天使の姿を映し出している。

今の高井戸は、《奏也》でも《奏》でもなく、ただブラッドの瞳で、コーネリアスの姿だけを見つめているのだ。

『あなたみたいな役者に…！』

五年間というもの、鳴かず飛ばずだった自らの望みが、今、初めて叶《かな》おうとしているのを、奏は知った。

それも、高井戸の見ている前で――。

このチャンスを逃してしまったら、今はもう、役者から演出家に転向してしまった高井戸と、奏が同じ舞台に立つことは叶わないに違いない。

『高井戸さん！』

刹那、奏の胸の奥で脈打った、熱い思い。

今は《奏也》でも《奏》でもなく、ただ、ひとりの役者として、高井戸と同じ舞台の上に立っていたい――。

一瞬にして、見事な変貌を遂げた榛色の瞳。

魅入られたように、漆黒の死神を見つめる天使の後ろで、開演五分前を告げるベルの音が鳴り響いていた。

＊　＊　＊

そして、奏《かなで》を捕らえた、目眩《めくるめ》く陶酔のとき――。

一度でもスポットライトの眩《まばゆ》い光を浴びた者は、どんなに落ちぶれ果てても、一生涯、その栄光の記憶を捨て去ることはできないという、いつだったか、耳にしたことがあるその言葉を、今夜、奏は自らの身をもって経験した。

割れんばかりに鳴りやまなかった拍手と、スタンディング・オベーションの嵐《あらし》。数え切れないほど繰り返されたカーテン・コール。観客と舞台が熱く一体化した瞬間の感動。

頭の中が真っ白にスパークして、高井戸《たかいど》扮《ふん》するブラッドとふたり、中に挟んだイリスの手を取りながら、奏には何が何だかわからなかった。

惜しみない喝采《かっさい》の嵐を全身で受け止めていたのは、たぶん、奏が演じたコーネリアスで、奏自身の人格は、どこか遠くへ押しやられていたような感じ。

『ああ、凄《すご》い……！』

いったい、いつ舞台が跳ねたのかさえ、定かではないほどに、奏は生まれて初めて味わった舞台の余韻に、軀《からだ》の芯《しん》まで酔い痴れていた。

『ブラッド……！』

酩酊《めいてい》する奏の脳裏に蘇《よみがえ》る、コーネリアスを見つめるブラッドの深い眼差し。熱い吐息。そして、愛を囁《ささや》いた唇――。

飛び込んだ漆黒のマントの下で、折れんばかりに抱き締められた腕の感触が、今も妖《あや》しい熱をもって、奏の薄い皮膚から離れようとしない。

奏の心に巣食う、舞台上で鮮烈に愛し、愛されたコーネリアスとしての記憶。

痺《しび》れるような酔いが、現実と舞台の境界線を、奏の心から奪っていく。

そう、ブラッドに愛されたコーネリアスは、高井戸を愛している奏なのだから――。

『高井戸さん…っ！』

危険な熱に浮かされて、麻痺《まひ》していく自制心。

狂おしく突き上げてくる衝動に、奏は完全に現実を見失ってしまった。

初日の舞台を観にきてくれた麻子《あさこ》に、その後、どうしても外せない、秋の連ドラの打ち合わせが入っていたことが、奏の欲望に最後の歯止めを失わせた。

嘘《うそ》も策略も、よくできたシナリオもいらない。

今夜、舞台のコーネリアスがブラッドにそうしたように、奏も真正面から高井戸に向き合い、ぶつかっていけたなら――。

『高井戸さん…っ！』

漆黒のマントに身を包まれたコーネリアスが、抗《あらが》いがたく堕《お》ちていった至福のとき。

熱い衝動が、完全に奏の心を呑《の》み込んでいた。

そう、天井桟敷へと続く階段の踊り場での、あの目も眩《くら》むような口づけを、何もなかったことになんか、今更《いまさら》、できるはずがない。

あの瞬間、きっと高井戸も気づいたに違いない、《奏也《そうや》》の仮面の下にいた奏自身の存在を、きちんと高井戸に認めてほしい。

どんなに酷《ひど》く罵倒《ばとう》され、嘲《あざけ》られ、軽蔑《けいべつ》されても、真実を曝して本当の思いを吐露する勇気。

そして、その無謀な賭《か》けに挑むには、この理性を蝕《むしば》む深い酩酊こそが、奏には必要だった。

『高井戸さん…！』

初日から、日付が変わるまで、あと一時間弱――。

覚悟を決めた奏は、ついにタブーを破る危険な一歩を踏み出したのだった。


深夜になっても去らない真夏の熱が、夢中で高井戸の部屋を目指す奏の酔いに拍車をかける。

そして、都心の喧騒を少し離れた高台に、奏は高井戸の棲《す》みかを見上げていた。

『あの部屋…』

五階のベランダから、微《かす》かに漏れ出ている、暖色系の明かりの色。

ホテルは手狭だし、何かと人の出入りに不都合もあるからと、堤《つつみ》が高井戸の日本滞在のために用意した部屋は、もちろん、事前にいくとおりにも綿密に立てられていた、麻子のシナリオの設定にはないものだ。

『もう…寝ちゃってるかもしれない…』

オートロックシステムではない、古いタイプのマンションの造りに助けられて、部屋の前まで深夜の侵入を果たしたものの、奏は猛烈に心許《こころもと》ない思いに駆られていた。

だいたい、日付が変わるまでいくらもないこの時間、初日の緊張から解放された高井戸が、既に休んでいないとは限らないし、よしんば、まだ起きていたとしても、初めて他人の部屋を訪ねるには、あまりにも非常識な時間帯ではないのか。

『それに、もしも他の誰かが部屋にいたら…』

三國伊知郎《みくにいちろう》がいるはずがないのは百も承知で、それでも一瞬、奏の脳裏を過《よ》ぎっていく、拭《ぬぐ》い切れない不安。

しかし、ここで引き返してしまったら、たぶん、奏に今度という時は訪れないだろう。

何としてでも今夜、この熱に浮かされた酔いが醒《さ》め切らないうちに、奏は行動を起こさなくてはならないのだ。

『どうしても今夜…！』

迷いをかなぐり捨てた奏は、決死の思いでインターホンを押した。

その途端、やけに大きく響き渡ったベルの音。

『ど、どうしよう…』

応答がなければいいのにと思う気持ちと、この千載一遇のチャンスを逃したら最後、もう二度と高井戸の前で、《奏也》の仮面を脱ぐことができなくなるのではないかという思いが、閉ざされたドアの前に立つ奏の心を交互に掻《か》き乱していく。

葛藤《かっとう》に満ちた、まるで永遠にも思える数十秒――。

今にも逃げ出したくなる強い衝動に耐えて、高井戸の部屋の前に踏みとどまった奏の前に、ついに扉が開かれた。

「あ…っ！」

登場したその姿に、息を呑む一瞬。

シャワーを浴びたところだったのか、ドアを開けた高井戸は、スウエットパンツに上半身は裸で、濡《ぬ》れた黒髪を拭っていたバスタオルを、首からラフにかけた出で立ちだった。

スウエットパンツの中に吸い込まれていく、引き締まった腹筋と背筋の流れ。

見慣れた同性のものであるはずなのに、その鞭《むち》のようにしなやかな裸身は、思わず目のやり場に困るほどセクシーで、奏にはうまく言葉が出てこなかった。

そんな奏を、軽く小首を傾《かし》げて、値踏みするように眺める高井戸の視線。

このまま、こんな時間に何の用だと問われてしまったら、それこそ奏には、高井戸に対して答えようがなかったに違いない。

けれど高井戸は、素っ気ないほど簡単に、立ち竦《すく》む奏を促してくれた。

「入れよ」

濡れた髪をぞんざいにタオルで拭いながら、踵《きびす》を返した高井戸の広い背中に、奏が慌てて付き従ったのは言うまでもない。

思ったとおり、ベランダから漏れ出ていたのは、広いフローリングの床に点在する、ダウンライトの間接照明。

それにしても、白いシーツがかかった大きなベッドと、ライティングデスクがあるだけの殺風景な部屋が、生活感のない高井戸の雰囲気に、不思議なほどしっくりと馴染《なじ》んでいる。

初めて見る光景に、暫《しば》し奏は目を奪われた。

「それで？　初日の祝杯でもあげにきたのか？」

やがて、無言のまま部屋の中を見回していた奏に、高井戸が、冷蔵庫から取り出した缶ビールを投げて寄越した。

「確かに今夜のデキは、直前のリハーサルまでが嘘《うそ》みたいに、バッチリ決まってたからな」

そう言って、リングプルを開けた缶ビールを、ワイルドにその喉《のど》に流し込む高井戸。

音を立てて飲み干すビールに、官能的に上下する褐色の喉元が、奏の目を釘《くぎ》づけにする。

とはいえ、奏はもちろん、高井戸と祝杯をあげにきたわけではない。

「あの…」

投げ与えられた缶ビールを手に、言葉に詰まってしまった奏は、しかし、それ以上、切り出すべき言葉を探す必要はなかった。

「そんな情けない、《奏也》らしくもない顔をするのはよしてくれないか?」

「た、高井戸さん…!」

気のせいではなく、《奏也》という名前に力を込めた高井戸に、奏は色を失《な》くした。

「初日の幕が無事に開いて、やっとひと息つけたんだ。せっかくのいい気分を、つまらない戯言で邪魔しないでくれないか、《奏也》?」

明らかに、何事か見透かした雰囲気を漂わせた、高井戸の物言い。

そして、震える唇で、それを否定しようとした奏を、高井戸は冷たく遮った。

「ぼ、僕は《奏也》じゃ…」

「よしてくれ。まさか、本当は僕は《奏也》じゃありませんなんて、くだらない打ち明け話をしに、わざわざ俺のところに来たわけじゃないだろうな?」

そう言って、高井戸は飲み干したビールの缶を、手の中でグシャリと握り潰《つぶ》した。

「本当のお前が誰なのかなんて、俺には興味がない。お前も役者なら、演《や》りはじめた役は、最後まで演り切れよ。今更、《奏也》のメイキングを聞かされたって、しらけるだけだ」

ひどく醒めた高井戸の言葉に、奏の手からビールの缶が床に転がり落ちた。

『やっぱり、知ってたんだ…！』

奏が必死になって弄《ろう》してきた小細工など、高井戸の目には百も承知のお見通し。

予想していたこととはいえ、やはり高井戸は、《奏也》が偽者でしかないことに気づいていたのだ。

そして、高井戸は、本当の奏になど興味がないと言った。

『バチがあたったんだ…！』

打たれてしまった先手に、退路も進路も奪われてしまった奏。

どんなに罵倒されてもいいから、ブラッドとコーネリアスが舞台で向き合ったように、一度でいいから奏自身として、高井戸と真正面から向き合いたいという奏の願いは、それを口にする前に、既に高井戸から拒絶されてしまったのだ。

『高井戸さんは、いつから…僕が《奏也》じゃないって、気づいてたんだろう…？』

改めて思い知らされる恥辱《ちじょく》。

あの踊り場での口づけの後からか、或《あ》いは、それよりもずっと前から、高井戸は奏の見え透いた猿芝居を、心密《ひそ》かに嘲笑《わら》っていたのだろうか――。

握り潰した缶を床に投げ捨てた高井戸の目が、身の置き所のない恥ずかしさに震える奏を、冷たい侮蔑《ぶべつ》の眼差しで見つめている。

『このまま、消えて失くなってしまいたい……！』

けれど、今の奏は羞恥に竦んでいる場合ではなかった。

身に迫る、暗い欲望の危険——。

ハッとしたときには、奏の薄い肩は、既に高井戸の大きな手に摑まれていた。

「それでも、化けの皮を剝《は》がしてほしいんなら、協力してやるぜ？」

驚きに顔を上げた奏の鼓膜を貫く、信じられない高井戸のセリフ。

「どうせ今夜の舞台に興奮して、コーネリアスみたいに、俺に抱かれたくなったんだろう？」

「あっ……！」

言うが早いか、奏の軀《からだ》は乱暴に床に押し倒されていた。

再三の麻子の警告があったにもかかわらず、無防備にも、逃げ場のない高井戸のテリトリーに飛び込んでしまった己れの愚かしさを、今更、奏が後悔しても後の祭りだ。

「あっ…やぁ…っ！」

いつもは指先がかかるか、かからないかのところで、するりと身を躱《かわ》して、洒落《しゃれ》た高井戸とのやりとりを悦《たの》しんでいた奏が、初めて曝された本物の身の危険。

抗おうとする二本の腕は、いとも簡単に押さえ込まれて、床に磔《はりつけ》にされた奏の軀から、高井戸の手が当たり前のように服を脱がせにかかる。

「やめて…っ！」

叫んでも、暴れても、びくともしない圧倒的な男の力。

無造作に手をかけられた奏のシャツから、一気にボタンが床に飛び散った。

そのまま、ビリビリと音を立てて、紙切れのように引き裂かれていく麻のシャツ。

牙《きば》を剥く狂暴な雄の欲望に、奏は生まれて初めて恐怖した。

食い殺される、哀れな小動物の本能。

「いやだ！　離して！　いやぁ…っ！」

犯されるという、経験したことのない恐怖が、津波のように奏を襲う。

舞台でコーネリアスが体験したような、熱い囁きも、甘い抱擁もない、ただ剥き出しの欲望に曝される恐怖の現実。

「いやぁ！　いやぁ！　いやぁあぁ…っ！」

こんなに必死に嫌がっているのに、蹂躙《じゅうりん》する手を少しも弛《ゆる》めてくれない高井戸が恐い。

このまま服を脱がされて、その後、いったい自分の軀はどうなってしまうのか――。

もう、コーネリアスも奏也もなかった。

必死の抵抗も虚《むな》しく、乱暴に引き抜かれてしまったベルトに、とうとう奏は、いじめられた小さな子供みたいにワンワン泣き出してしまった。

「うわぁあぁん…っ！」

「うるさいっ!!」

その途端、頭ごなしに降ってきた、高井戸の物凄《ものすご》い怒号。

殴られそうな猛烈な恐怖に、全身を竦み上がらせた奏は、しかし、次の瞬間、嘘のような笑い声に包まれていた。

「何だ、もう降参か？　せめてオールヌードぐらいは拝ませてくれるかと思ってたのに、この程度で泣き出されたんじゃ、お仕置きにもならないぜ！」

滅茶苦茶な恐怖から一転、カラカラと声をあげて笑い出した高井戸に、軀中をガチガチにさせたまま、奏が絶句したのは言うまでもない。

「何となく予想はしてたけど、想像以上にお子ちゃまだな？　まさか、本当はバージンだなんて言い出さないでくれよな？」

涙でいっぱいになった榛色《はしばみ》の瞳《ひとみ》を、これ以上ないくらい大きく見開いている奏の鼻を、高井戸は笑いながらキュッとつねってやった。

「これに懲《こ》りたら、子供が大の男を手玉に取ろうなんて、バカな考えはよすんだな。まぁ、こっちも結構、悦しませてもらったけどな？」

茶目っ気たっぷりに、その薄い唇の端に、ニッと悪戯《いたずら》な笑みを浮かべてみせる高井戸。

そう、言うまでもなく、高井戸蓮《れん》の目には、すべてがお見通しだったのだ。

「し、知ってたの…？」

「ああ、知ってたよ」

まだ震えの止まらない細い指で、引き裂かれたシャツの前を、身を護るように必死に掻き合わせた奏に、高井戸は自分の髪を拭いていたバスタオルをかけてやった。

「もっとも、あの踊り場でキスするまでは、爪の先ほども疑ってなかったけどな？　お前、たいした役者だったぜ」

そう言って、高井戸は肩を竦めて立ち上がった。

「実際、こんなに見事に騙《だま》されたのは、生まれて初めてだよ。色事師を気取った、プロの演出家の俺がだぜ？」

まったく、腹の立つとぼやきながら、高井戸は愛煙のキャメルを一本、口に銜《くわ》えると、奏が蹲《うずくま》っている床から少し離れたライティングデスクに、軽く腰掛けるように寄りかかってタバコを吸いはじめた。

広い室内をほのかに照らし出すダウンライトの間接照明の中、マンションにしては高い天井へと立ち上っていく紫煙。

腰を抜かしたみたいに、ペタンと床に座ったままの奏には、もちろん、どうしていいのかわからなかった。

けれど、こうして罰せられても仕方のないようなことを、自分が高井戸に対してしていたのだという自覚は、奏にもある。

実際、その趣は異なるとはいえ、奏は高井戸のもとに、真実を吐露するためにやってきたのだ。

そして、必死にしがみついてきた化けの皮は、既に奏の顔から剝がれ落ちてしまっている。

「ごめんなさい」

叱《しか》られた子供のように萎《しお》れて、奏は高井戸に謝った。

因幡《いなば》の白兎《しろうさぎ》のように、惨めな赤むくれに皮を剝がれた奏になど、きっと高井戸は興味を示してくれないだろうが、これですべてがお仕舞いなら、せめて最後は本当のことを言って、思い切り嫌われてしまわなくては、また奏は何年も、高井戸への吹っ切れない思いに囚われて動けなくなってしまう。

「ごめんなさい…もう許してもらえないのは知ってるけど…ずっと高井戸さんのことが忘れられなくて…」

一気に溢《あふ》れ出してくる切なさに耐えて、奏は必死にこれまでの経緯を説明した。

五年前の衝撃の出会い。訪ねていった楽屋での初めての口づけ。気がつけば、高井戸のような役者になりたいと叫んでいた、あの日の思い出。それなのに、親から勘当までされて入った《アイコニクス》から、既にいなくなっていた高井戸への恨み辛《つら》み。

そして、ずっと胸に抱き続けてきた、高井戸への切ない思い——。

「僕は高井戸さんが好きなんです…！」

やっと吐き出せた真実に、奏の瞳に熱い涙が溢れる。

散々、思わせ振りな態度や会話で振り回した挙げ句に、こんなおもしろくも何ともない《奏也》の舞台裏を披露すれば、高井戸はしらけて、口をきく気にもなれないだろう。

事実、ライティングデスクにもたれる高井戸の表情は、ひどく気が抜けて空虚だ。

銜えタバコのまま、上っていく紫煙を、ただ黙って眺めている高井戸の姿。

『もう…帰らなくっちゃ…』

答えてもらえるはずもない、いや、わざわざ尋ねるまでもなく、返事はわかり切っている惨めな告白の行方に、奏は切れそうなほど唇を嚙《か》み締めた。

今度こそ、軀中の涙が枯れ果てるまで泣き喚くにしても、それは、せめてこの部屋を出てからにしなくてはならない。

これ以上、高井戸に嫌われないために、奏は高井戸がかけてくれたバスタオルを必死に握り締めて、萎《な》えた足で立ち上がった。

「…さ…よな…ら…」

頭を下げた途端、堪え切れない涙がドッと流れてきて、奏は顔をあげないまま、握り締めたバスタオルで両目を押さえた。

顔を押しつけたバスタオルから、苦しいほど立ち上ってくる高井戸の匂《にお》い。

こうなってみて初めて、奏は自分がどれほど高井戸蓮という男に魅かれていたかを思い知らされていた。

『もう、これで終わりなんだ…！』

思った瞬間、鋭いナイフを突き立てられたように、奏の胸が悲鳴をあげた。

いくら嫌われても諦《あきら》め切れないと、躯中の血が哀しみに泣き叫んでいる。

『高井戸さん…っ！』

激しく込み上げてきた思いに、奏はバスタオルで顔を覆ったまま、必死で踵を返した。

『高井戸さん、高井戸さん、高井戸さん…っ！』

声にならない、血を吐くように辛い嗚咽《おえつ》。

苦しくて、奏の胸は、高井戸の手で引き裂かれたシャツのように、真っ二つに切り裂かれてしまいそうだった。

『高井戸さん…っ！』

だが、闇雲《やみくも》に駆け出そうとした奏の足が、次の一歩を踏み出すことはなかった。

強い力が、折れそうに細い奏の肩を捕まえて、身動きすらできないほど、その躯を背中から抱き竦めたからだ。

「まったく！　散々、変化球で惑わせた後は、いきなりの豪速球かよ！」

奏の頬に触れる、まだ少し濡れたままの高井戸の黒髪。

「大の男を手玉に取るなって、言っただろうが！」

言うが早いか、高井戸は鮮やかな手つきで、背中を向けた奏の躯を、自分の方へクルリと反転させた。

「いったい、どの顔がホントの顔なんだ？」

顔に押しつけていたバスタオルを剝ぎ取って、高井戸は指先で捕らえた奏の顎《あご》を上向かせた。

現われたのは、怯《おび》えた仔猫のように高井戸を見つめる、涙でグシャグシャになった、まるっきり子供の泣き顔。

堪らなくそそられるクール・ビューティーが台無しの、こんな赤ん坊みたいな顔に、何だって高井戸は釘づけにされているのか——。

「悪いけど、五年前のことは覚えてないな」

憮然とした表情のまま、高井戸は冷たく言い放った。

わかり切っていたこととはいえ、その無情なセリフに、新たな涙を溢れさせる奏。

やはり、恋をしているのは、五年前から奏ひとり切りだったのだ。

だが、次の瞬間、悲痛に顔を歪ませた奏の鼓膜に、信じられないセリフが続けられていた。

「でも、キスせずにはいられないほど、五年前からお前は俺の好みだったんだろうな」

「え…？」

虚を衝かれて、涙に濡れたまま大きく見開かれる榛色の瞳。

『クソッ…！』

猛烈な腹立たしさに駆られながらも、高井戸の理性は、小さく嗚咽を漏らした花びらのような唇の震えに負けた。

どうして《奏也》を前にすると、不実なカサノヴァを自負する高井戸が、いつもいつも余裕を失くして、飢えて嚙みつくみたいなキスばかりするはめに陥るのか。

「うっ…ん！」

その小さな桜色の唇を、無理遣り奪うような乱暴な口づけ。

それでも、色気には甚だ欠ける、高井戸らしからぬ強引な口づけが、五年前の楽屋でのそれとも、天井桟敷へ通じる階段の踊り場でのそれとも違ったのは、唇が離れた後も高井戸が、腕の中の小さな躯を離さなかったことだ。

そう、ここで離してやるくらいなら、自ら去っていこうとする小さな背中を、わざわざ高井戸は、引き止めたりなんかしなかったに違いない。

「俺を手玉に取ろうなんて、百年早いぞ」

からかうように囁いて、高井戸は乱暴な口づけから解放してやった奏也の、涙に濡れた白桃のような頬を、優しくその長い指先で拭ってやった。

それでも、高井戸を見つめて、不安と緊張に硬く強ばっている小さな顔。

不意に、その柔らかな頬に触れた指先に、高井戸は切ないような愛《いとお》しさを覚えた。

「奏也…」

けれど、今度はその唇を甘く塞いでやろうとした高井戸の腕の中で、囁くように名前を呼ばれた途端、奏也は不自然なほどビクリと身を震わせた。

「奏也?」

「違う…」

「えっ?」

確かめようとした高井戸の腕の中で、見る見るうちに大粒の涙を湛《たた》えていく榛色の瞳。

そして、消え入りそうな声が、「カナデ」と発音したとき、高井戸は改めて自分がすっかり騙されていたことを再認識させられていた。

役者が芸名を使うのは珍しいことではないけれど、これだけ自分を振り回した《奏也》が、実はその名前まで本当ではなかったのかと思うと、まったく、やられたとしか言いようがない。

「他には何が隠れてるんだ？」

少し怒った振りで、高井戸はいきなり、奏の躯を小さな子供のように横抱きにした。

もちろん、奏を連れていく先は、キングサイズのベッドの上だ。

「さて、全部脱がせたら、今度は何が出てくるんだろうな？」

降ろされたシーツの上で、驚きに目を見張っている奏に、高井戸は悪戯っぽい笑みを浮かべてベッドに膝《ひざ》を乗り上げた。

途端にギョッとして、パニックに陥る奏。

「い、いやぁっ……！」

また、さっきのように乱暴されるのかと、幼い怯えを顕にしたその表情は、いつもツンと澄ましていた奏也のものとは、似ても似つかない可憐さだ。

『また知らない顔だ！』

いったい、《奏也》の仮面の下には、どれほどの顔が隠されているのか。

シーツの上をいざって逃げようとする奏の躯を、ベッドの中央へ引き戻しながら、高井戸は、これまでにないほどワクワクと胸を躍らせている自分自身を感じていた。

『何もかも剝ぎ取って、底の底まで知り尽くしてやりたい……！』

高井戸の胸に燃え上がる、暗い欲望と征服欲。

まるで見抜けなかった、見事なその演技に、プロの演出家として、屈辱的な憂き目を見せられたにもかかわらず、今も高井戸を魅了してやまない《奏也》。

まんまと騙されたことに腹を立てただけなら、高井戸はきっと、奏をコーネリアスに起用したりはしなかっただろう。

一度はまずまずと気に入ったはずの三國伊知郎を、思わず見限ってしまうほど、高井戸の心を捕らえた、奏の《コーネリアス》。

初日を迎えた今夜、高井戸は、自分の選択が間違っていなかったことを、身を以《もっ》て実感した。

それにしても、いくら非常事態だったとはいえ、その相手役として、一旦《いったん》は足を洗った役者まで演じるなんて、我ながら驚くべき入れ込みようだ。

『それだけコイツに夢中だったってことか！』

悔しいけれど、それが事実。

だいたい、泣こうが喚こうが、腹を立てていたのなら、あのまま床の上で強姦《ごうかん》してしまえばいいものを、ピーピー赤ん坊みたいに泣かれた途端、ついつい可哀相になって許してやるなんて、それだけでも高井戸は十分に奏に振り回されている。

そう、あんな可愛い泣き顔で、「僕は高井戸さんが好きなんです！」なんて直球を投げ込まれてきた日には、正直、高井戸はもう腰砕けだ。

「奏…」

囁いて、高井戸は改めて、ベッドの上に磔にした奏の顔を真っすぐ上から覗き込んだ。

高井戸を見上げている、不安と怯えが綯《な》い交ぜになった榛色の瞳。

「お前が立てた復讐劇のプランは、見事に効を奏したぞ」

「えっ…？」

言われた意味がよくわからずに、僅かに眉根《まゆね》を寄せた奏に、高井戸が真顔で続けた。

「俺はお前にメロメロだってことだよ」

「た、高井戸さん…？」

信じられない思いに、暗闇の仔猫みたいに真ん丸になる榛色の瞳。

「お前をもっと知りたいんだ…骨の髄まで…」

まるで芝居のセリフのように、ひどく陳腐な口説き文句。

それでも、唇を銜いて零《こぼ》れ落ちた言葉は、高井戸の本音だった。

「奏…」

シーツに奏を磔にしていた腕を離すと、高井戸は、その唇にそっと口づけした。

ほろ苦いタバコの味がする、ひどく切なくて優しいキス。

高井戸の長い指が、柔らかな絹糸の髪の中に、戯《たわむ》れるように差し入れられる。

「んっ、んんっ…」

「奏…」

繰り返される、あやすように甘い囁きと口づけ。

『高井戸さん…！』

逃げようと思えば逃げられる、甘い拘束から逃れる術《すべ》を、奏は完全に放棄していた。

とはいえ、生まれて初めて経験する、激しい羞恥と行為への恐れは、心の従順とは別物だ。

「い、いやぁ…」

裂けたシャツを脱がせた手が、当たり前のようにジッパーにかかって、赤ん坊のオムツを替えるように、易々《やすやす》と下肢を裸にされる恥ずかしさ。

「あっ、いやぁ…」

恥ずかしく押し広げられた内股の柔肉に、歯を立てられる甘い痛み。

甘噛みされた奏の軀中に、艶やかな鬱血《うっけつ》の花びらが撒《ま》き散らされていく。

白くなめらかな素肌の上に、鮮やかな刻印がされる度に、微かに淫靡《いんび》な苦痛の喘《あえ》ぎ声を漏ら

す桜色の唇。

「あっ…んんっ…！」

誰にも触れられたことのない花芯《かしん》が、快感を引き出す巧みな指使いに翻弄《ほんろう》され、焦《じ》らすように攻めたてられて、透明な蜜《みつ》を先端から滴《したた》らせて震えている。

「いやだ、もう…いじめないで…！」

強すぎる羞恥に、カッと薔薇《ばら》色に染まる素肌。

おもらしをしてしまった幼児のように、グッショリと濡れてしまった下肢に、更に淫《みだ》らに加えられる愛撫《あいぶ》の手。

「あっ、あっ、痛ぁ…っ！　いやぁ…！」

高井戸の長く意地悪な指が、硬く閉ざされた蕾《つぼみ》を咲かせようと、無理遣り抉《こ》じ開けて侵入してくる。

気が遠くなりそうな羞恥と、軀を内側から愛撫される、とんでもなく鮮烈な感触に、奏は狂おしく乱れた。

「あっ、あっ、あぁん…っ！」

奏が初めて知る、快感と痛みの共鳴。

増やされていく指の、強烈な圧迫感。

やがて、組み敷かれた高井戸の軀の下で、左右に大きく割り裂かれた両脚を高く抱え上げられた奏は、ついに熱い欲望の凶器に引き裂かれた。

「奏…っ！」

「あっ、あっ、あぁ――っ…！」

襲ってくる、目も眩むような鮮烈な痛み。

容赦なく深々と穿《うが》たれた衝撃に、奏は耐え切れずに声を放って痙攣《けいれん》した。

そして、急速に訪れるブラックアウト――。

『高井戸さん…っ！』

内襞の奥深くを犯す、灼《や》けるように熱い迸《ほとばし》りを感じながら、奏はその意識を手放したのだった。

目が醒《さ》めたのは、腰から下を襲う、強烈な違和感と鈍痛のせいだった。

『――痛い…』

けれど、少しでも楽な位置を探して、寝返りを打った途端、自分の目に飛び込んできた光景に、奏は卒倒してしまいそうになった。

『た、高井戸さん…っ！』

シーツに波打つ、柔らかなウェーブのかかった黒髪。褐色の素肌。ワイルドで男性的な美貌に濃い陰影を落としている、閉ざされた目蓋《まぶた》を縁取る、意外なほど長い睫毛《まつげ》。

眠れる美神のようなその姿を目にした瞬間、奏は胸を掻き毟《むし》りたくなるような羞恥と、猛烈な後悔に襲われた。

そして、まるで追い打ちをかけるように、途切れ途切れに蘇《よみがえ》ってくる、とんでもない羞恥に彩られた昨夜の記憶。

いくら《奏也》の仮面を取るといったって、モノには限度というものがある。

確かに、初めての経験ばかりだったとはいえ、昨夜の奏は、ピーピー、ピーピー、まるで赤ん坊みたいに、最初から最後まで泣きじゃくってばかりいた。

そんな奏に、高井戸はどんなに幻滅して、しらけ切ってしまったことだろうか。

醒めて魅惑的なクール・ビューティーどころか、ミステリアスの片鱗《へんりん》もない、ただの甘ったれた子供になんか、高井戸はもう二度とその視線を向けてはくれないに違いない。

これからまだ三週間、高井戸とは舞台で共演しなくてはならないというのに、なんと浅はかで考えなしな行動を取ってしまったことか。

どんなに辛く苦しくとも、高井戸に真実を吐露するのは、《終焉のラブ・アフェア》が千秋楽を迎える日まで、奏は待つべきだったのだ。

『僕はバカだ…！』

あと何時間もしないうちに始まる、本番前のリハーサルで、奏は顔を合わせた高井戸に、何と言えばよいのだろうか。

思い切り醜態を曝してしまった自らの愚かしさに、奏は舌を噛み切ってしまいたい衝動に駆られた。

いや、リハーサルの時刻を待つまでもなく、今、この瞬間、高井戸が目を覚ましてしまったら、奏はどうしたらよいのだろう。

『逃げなくちゃ…！』

ところが、運命の女神は、嘘つきの奏にどこまでも意地悪らしい。

鈍痛に喘ぐ下半身に鞭打《むちう》って、奏がベッドから逃げ出そうとした途端、スプリングの軋《きし》みに高井戸が目を覚ましてしまったのだ。

「ん…？」

思わず、軀中の毛が逆立ってしまいそうな恐怖。

「うっ、うわぁ…！」

高井戸と目を合わせることに、すっかり恐れをなした奏は、なりふり構わずベッドから逃げ出そうとした。

もっとも、昨夜、初めての用途に酷使された躯は、腰が抜けたみたいに言うことを聞かず、シーツの中で脚を縺《もつ》れさせるばかりの奏は、呆気《あっけ》なく高井戸の長いリーチに捕まってしまったのだった。

「こら、逃げるなよ」

捕まえた奏の躯を、高井戸は自分の躯の下へ押さえ込んだ。

「せっかく、二人で迎えた初めての朝だっていうのに、情緒のないヤツだなぁ」

しかし、そんなことを冗談めかして言われても、高井戸に真上から覗き込まれた奏に、それに付き合う余裕など、あるはずがなかった。

「いや！　見ないで！」

奏は昨夜からずっと、みっともなく高井戸の前に曝し続けている自分の顔を、必死に交差させた自分の両腕で覆った。

昨夜の今朝となっては、既に意味がないのは百も承知で、それでも奏は、これ以上、高井戸に惨めな自分の顔を見られたくなかったのだった。

それでなくとも、泣きどおしの顔は、ひどく不様《ぶざま》でみっともないに違いないのだから。

とはいえ、所詮《しょせん》、そんな奏の悪足掻《わるあが》きが、高井戸を相手に通用するはずがない。

「何が見ないでだ」

必死にブロックした両腕は、あっさり摑まれた手首を頭の両横に押さえ込まれてしまって、またもシーツに磔状態にされた奏は、却《かえ》って至近距離から、思い切り高井戸に顔を覗き込まれるはめに陥ってしまった。

「いやだ、見ないで！」

「何でだよ？　昨夜の今朝で、今更だろ？　もっと恥ずかしいところも、いっぱい見せてもらったのに、顔くらい、どうってことないだろ？」

そう言って、高井戸はからかうように自分の膝頭を、奏の脚の間に割り込ませてやった。

「それとも、まだ隠してる顔があるのかな？」

「あっ、いや…っ」

戯れに蠢《うごめ》かされる膝頭に、淫靡な名残《なごり》を探り当てられて、奏は一気に首まで真っ赤になった。

「何でいやなんだ？　可愛いのに」

高井戸は顔を背けようとする奏の顎を摑んで引き戻した。

「昨夜も凄く可愛かったぜ？　俺の腕の中でピーピー泣いて。あの泣き顔も芝居だったら、ちょっと怒るけどな？」

「しっ、芝居だなんて…！」

クスリと、からかいの笑みを漏らした高井戸に、さすがに奏も憤慨《ふんがい》した。

あんなに恥ずかしくて、凄く恐くて、痛い最中に、どうして泣き真似《まね》なんかできるだろう。

「まぁな、バージンの坊やに、芝居なんかやってる余裕はなかったよな？」

高井戸は笑って、奏の唇にチュッと音を立ててキスをした。

「もっとも、そのバージンの坊やに、まんまと騙されてたかと思うと腹が立つけどね」

それだからこそ、《奏也》の秘密に気づいた後も、平然と奏本人を無視し、コーネリアスを演じる役者として厳しく当たり、あんな芝居がかったレイプ未遂まで起こしてやったのだが、いろいろ意趣返しを画策してみたところで、結局、奏自身にはまってしまっている自分を、高井戸には否定できない。

「俺はもう、すっかり、お前の虜《とりこ》だよ。この表情の奥に、また別の顔が潜んでいるのか、奥の奥まで、知り尽くしたい。余計なものを全部脱がせて、俺の前に素っ裸にしてやりたい。俺は奏に夢中だ…」

「高井戸さん…」

「蓮だよ、奏。恋人には、ベッドで高井戸とは呼ばせない」

仕事場ではダメだけどね、と笑う高井戸に、奏は夢を見ているようだった。

本当のことを告げてしまったら、すべてがお仕舞いだと、悲壮な決意で高井戸のもとを訪れたというのに、一夜明けた今、高井戸は奏を恋人だと言う。

『夢なら覚めなければいいのに……！』

だが、やはり、これが期間限定の夢でしかないことを、奏は心のどこかで知っていた。

そして、たぶん、高井戸も──。

「──蓮……」

許された呼び名を囁いた奏の唇に、応えるようにゆっくりとその唇を重ねてきた高井戸。

第三幕の幕開けは、ひどく平和で静かな朝だった。

＊　＊　＊

「まったく！　冗談じゃないわよ！」

十二センチのピンヒールを履いた長い脚を組んで、女王様のように楽屋の真ん中に陣取った麻子《あさこ》が、手にしていた数誌の新聞を床に叩《たた》きつけて息巻いた。

「ごめんね、麻子ちゃん」

床に散らばった新聞を拾いながら、奏《かなで》は憤懣《ふんまん》やる方ないといった風情《ふぜい》の麻子を斜め四十五度の視線で見上げた。

「もう、奏ったら！　そんな瞳《め》で見たって、許さないものは許さないわよ！」

麻子が猛烈にお冠なのも無理はない。

なにせ、秋の連ドラの打ち合わせに顔を出して、奏をひとりにした、たったの一日で、何ヵ月も準備に準備を重ねた《奏也《そうや》》はお釈迦《しゃか》になっているは、あれほど目を光らせていたカサノヴァの高井戸《たかいど》に、選りにも選って、大事な奏をかっ攫《さら》われてしまったのだから、その保護者である麻子が激怒するのも無理からぬところなのだ。

「堤《つつみ》も堤よ！　あれほど奏を護《まも》ってって言ったのに！　どうしてくれるのよ、この役立たず！」

「無茶言うなよ、麻子。あの日は初日が大成功で、スタッフは大盛り上がりだったんだ。それに、あんな深夜になって、奏が自分で高井戸を訪ねていくのまで、とても監視してられないよ」

怒り狂う麻子に、ひたすら肩を竦《すく》める堤。

実際、奏は自分から高井戸を訪ねていったのだから、いくらお目付役といえども、堤が責任を持ちかねるのは当然なのだ。

「まぁ、なるようになったんだ。麻子、お前もいい加減、子離れしろよ」

「何ですってぇっ！」

一向に怒りが納まらない麻子のことは、何とも頭の痛い堤だが、高井戸と共に一か八かの賭《か》けに出た、《終焉《しゅうえん》のラブ・アフェア》のプロデューサーとしては、瓢簞《ひょうたん》から駒の毎日に、ほくほく顔だ。

それというのも、初日の大当たりからこっち、舞台は連日立ち見が出るほどの大成功で、新聞各紙や専門誌に載った劇評も、すこぶる評判がいいときている。

そう、麻子が投げ捨てた何紙かの新聞にも、脚本家、演出家としてはもちろん、役者としての高井戸をも褒めちぎった記事が、いくつも誇らしげに載っているのだった。

しかし、何とも意外だったのは、いくつかの劇評や記事の中には、どうかすると高井戸よりも、コーネリアスを演じた奏について、そのスペースの多くを割いているものがあって、奏本人はもちろんのこと、関係者一同の驚きを集めている。

「ホントにもう、この子ったら、演技にもお肌にも艶《つや》が出ちゃって、憎たらしいったら！」

拾い集めた新聞を手に、床に跪《ひざまず》く奏の顎《あご》先を捕らえて、麻子がその顔を睨《にら》む。

「そんなに高井戸は、朝も昼も夜も、愛してくれちゃってるわけ？」

「あ、麻子ちゃん…」

ニヤついて、微妙に含みをもたせた麻子の物言いに、奏は頰《ほお》を赤らめた。

実際、あの日から麻子の部屋を出て、事実上、高井戸の部屋で同棲《どうせい》生活をはじめてしまった奏は、朝から晩まで高井戸といっしょ。

舞台ではコーネリアスとして、舞台を降りては奏として、朝な夕なに高井戸から愛されている毎日は、麻子に冷やかされても仕方がないほど、なかなかにハードなのだった。

「いやぁね、この子ったら、何を意味深に赤くなってるのよ？」

「もう、麻子ちゃんたら、知らないよ！」

いろいろと身に覚えのある奏は、堪りかねて麻子の前に立ち上がった。

「あら、逃げるの、奏？」

「リハーサル！」

ひらりと身を翻して楽屋を後にした奏に、堤と二人残された麻子は、深いため息をついた。

「あぁ、十日後のことを考えると、今から気が狂いそうだわ！」

「そんなこと、今から麻子が心配してどうするんだよ？」

「アタシが心配してやらなかったら、誰が奏の心配をするって言うのよ？」

麻子はイライラとタバコに火をつけた。

予想外のブレイクを遂げている《終焉のラブ・アフェア》の舞台公演も、既に興行の半分を過ぎて、残り十日ほど――。

当然のことながら、この公演が終われば、高井戸はレオンと共に、そのホームグラウンドであるニューヨークへ帰ることになる。

堤経由で漏れ聞くところによれば、既にレオンが高井戸の次の仕事をアレンジ中だという。

そうなれば、麻子の大事な奏は間違いなく高井戸に捨てられて、短いラブ・アフェアは、舞台と共に終わってしまうのだ。

「これだから、あのふざけたカサノヴァを、奏の傍《そば》に寄せつけたくなかったのよ！」

考えても仕方のないことだけれど、打ちのめされて泣くことになるのは、絶対に奏ひとりだけで、遊び人の高井戸は、久しぶりの日本でちょっと毛色の変わった情事を悦《たの》しめたと、にっこり笑って日本を後にするに違いないのだ。

「ああ、腹の立つぅ！」

いくらＩＴ全盛の時代とはいえ、奏の相手がプレイボーイで鳴らした快楽主義者の高井戸蓮とあっては、東京《とうきょう》・ニューヨークの遠距離恋愛なんて絶対に成り立たない。

そして、失恋も芸の肥やしと割り切れるほど、麻子の可愛い奏は大人ではないのだ。

大切に無菌培養されたようなところのある奏の純粋さは、初めての恋の破局に壊れるほど傷ついて泣くだろう。

騙《だま》されて腹を立てていたとはいえ、他に相手はいくらもいるのに、三週間で終わる火遊びの相手に奏を選ぶなんて、まったく高井戸は非情な男だ。

「これって、まさか、高井戸の復讐《ふくしゅう》じゃないでしょうね?」

「さぁ、それはないだろう? きっかけは何だか知らないけど、今の高井戸は、奏にゾッコンみたいだぜ。それに、麻子が思ってるより、奏は男の目には魅力的なんだよ」

「あら、それ、どういう意味よ?」

眉《まゆ》を吊《つ》り上げて聞き咎《とが》めた麻子に、堤はノーコメントと肩を竦めた。

まさかボディーガードを仰せつかっていたときに、奏の無防備さにクラクラ来たことがあるなんて、この女王様然とした恐ろしい恋人に、堤の口から白状できるわけがないのだ。

「とにかく、恋愛してるのは高井戸と奏で、外野が口出しできることじゃないだろう?」

そう言って、麻子からタバコを取り上げると、堤はその唇にキスした。

「奏が可愛いのはわかるけど、たまには俺のことも考えてくれよ」

「そのうちね」

にっこりと微笑《ほほえ》む麻子に、報われない堤の悩みは、どこまでも深いのだった。


一方、お冠の麻子のもとから逃げ出してきた奏は、劇場に高井戸の姿を捜していた。

『変だな、舞台監督と打ち合わせかな?』

本番前のリハーサルまで二時間近く。劇場内には、舞台装置や照明などのスタッフの姿が見受けられるだけで、役者達の姿はまだない。

奏にしても、高井戸が演出家でなかったら、こんなに早い時間から劇場に詰めている必要はないのだが、部屋にひとりでいても仕方ないから、それで高井戸について早出してきたのだ。

もっとも、そのせいで堤に会いにきていた麻子と鉢合《はちあ》わせするはめに陥ってしまったのだから、こんなことなら、時間ギリギリまでベッドに潜り込んでいた方がよかったかもしれない。

なにせ、ラテン系情熱派のカサノヴァといっしょに暮らすのは、何かと想像以上に体力を消耗させられるのだ。

『だけど、あんな風に冷やかすなんて、麻子ちゃんもひどいや…』

高井戸を捜しながら、奏はついつい年寄りみたいに腰をトントンと叩いてしまう。

実際、朝な夕なに所構わず、高井戸の求愛を受け入れていると、いつか自分の軀《からだ》が壊れてしまうのじゃないかと、奏はひどく不安になってくる。

今だって、壊れてこそいないものの、たったの十日で、奏の軀の構造は、確実に大きく作り変えられてしまった。

最初は気絶するほど痛かった場所で、今は他の感覚も味わえるようになってしまった自分の軀が、奏には空恐ろしい。

高井戸の腕に抱かれる度に、奏の軀はどんどん、見知らぬ変貌を遂げていくのだ。

『残り十日で…どうなっちゃうんだろう…？』

思いかけて、奏は小さく首を振った。

決して高井戸には聞けない、用意されたシナリオにはないセリフ。

《——最後の幕が降りてしまったら、僕達はどうなるの…？——》

『高井戸さん…』

不意に込み上げてくる寂しさ。

初めて高井戸と結ばれたあの日、奏は嬉《うれ》しかった。

本当のことを告げてしまえば、すべては終わりだと、悲壮な思いに打ち拉《ひし》がれていたのが、一転、高井戸に奏自身の存在を受け入れてもらい、あまつさえ愛してもらえたあの夜——。

けれど、高井戸の逞《たくま》しい腕に狂おしく抱かれながら、奏の心には小さな氷の欠片《かけら》が突き刺さっていた。

高井戸の熱い指先に触れられて、どんどん体温を上げていった素肌とは裏腹に、奏の心を凍えさせていった、小さな氷の欠片。

高井戸が奏を受け入れてくれたのは、三週間という期間限定の恋人だからで、死神のブラッドが終焉の相手として、守護天使のコーネリアスを愛したのとはわけが違う。

そして、降って湧《わ》いたようなこの甘い関係に、もうじき終わりが訪れることは、二人の間では決して口には出さない暗黙の了解だ。

そう、たとえ、奏が了解していなくても――。

『高井戸さん…』

奏の胸に立ち籠《こ》めてくる、どうにもならない厚い雲。

しかし、不意に差し込んできた光が、暗雲を切り裂いた。

「奏！」

「あ！　そこにいたの、高井戸さん！」

振り返った奏の視線の先に、音響室の小窓から手を振る高井戸の姿。

奏は別人のような笑顔で手を振り返した。

「上がってこいよ」

「うん！」

駆け上がっていく、客席通路の階段。

奏がブースの中に飛び込むと、回転椅子《いす》に座っていた高井戸がブラインドを降ろした。

急速に密閉感を増す、薄暗い小部屋の内部。

「高井戸さん？」

「まだ蓮《れん》でいいよ。リハまで二時間ある」

手招きされて、奏は高井戸の膝の上に座る格好で、横向きに抱っこされた。

「でも、リハの前に着替えて、柔軟とか、ウォーミングアップしなくちゃ」

「それじゃ、残り時間は一時間だな」

「た、高井戸さん…」

「蓮だよ」

抱き寄せられた耳元を甘く嬲《なぶ》る掠《かす》れた囁《ささや》き。

優しく歯を立てられた耳たぶから、白い喉元《のどもと》へと移動していく高井戸の官能的な唇。

指の長い大きな手がTシャツの裾《すそ》から侵入してきて、奏の脇腹《わきばら》から胸へ、掌《てのひら》全体で大きく円を描くようにマッサージしていく。

「あ…ん」

親指の腹で押し潰《つぶ》すように撫《な》でられた乳首に、思わず妖《あや》しく漏れ出てしまう声。

淫《みだ》らな指先の魔術に搔き立てられた欲望は、昨夜の余韻をたっぷり引き摺ったまま、鎮火する間もなく、奏の内で再び炎を大きくしていく。

防音の行き届いたブースの中に、ジッパーを下げる音が、やけに淫靡《いんび》に響き渡る。

「あ…こんなところで…ダメ…」

窮《くつろ》げられたジーンズに後ろから侵入してきて、その硬質な感触を悦《たの》しむように、小さな尻《しり》の丸みに這《は》わされてきた大きな手に、奏は高井戸の首筋にしがみつきながら、掠れた声をあげた。

「まだ濡《ぬ》れてる」

「あぁん」

喘《あえ》ぎ声に応えるように、昨夜から蕩《とろ》け出したままになっている蕾《つぼみ》の入り口に、柔らかく円を描くように宛《あて》がわれる、悪戯《いたずら》な指先。

「んんっ！」

その刺激に、思わず誘い込むように淫らな収縮をみせてしまう奏の蕾。

「挿《い》れてほしい？」

「あっ…いやぁ…！」

途端に、グゥッと内襞を掻き分けて侵入してきた二本の指に、奏は声をあげた。

「あっ、あっ、いや…っ」

掻き乱される内襞に、不自然な姿勢が辛い。

高井戸の首にしがみついた両腕に力を込めて、何とか感じる位置を探そうとするのだけれど、後ろから入れられた指は、もどかしく奏の感覚を刺激するだけで、肝腎《かんじん》なところに触れてくれないのだ。

「あっ、あっ、んん…っ」

その場所がどこなのかわからないままに、無意識のうちにも淫らに揺れ出してしまう奏の腰。

「ちゃんとしてほしい?」

「あ…んっ」

覗《のぞ》き込んできた高井戸のセリフに、首筋まで真っ赤になりながらも、自分ではどうすることもできない奏は、切れそうなほど唇を噛《か》み締めて、コクコクと頷《うなず》いた。

そんな奏の唇にキスして、高井戸は奏の躯を、ミキサー盤とは反対側にある机の上に横たえて、その両脚からジーンズを引き抜いた。

そのまま折り曲げられた膝《ひざ》を押し上げられて、左右に大きく開かされた両脚。

「いい眺めだ」

欲望に泣きながら、震えて勃《た》ち上がっている前も、物欲しげに濡れた口を開けている後ろも、余すところなく、その冴《さ》えた瞳に視姦《しかん》される羞恥《しゅうち》――。

リハーサルがはじまるまでの束の間、密室で繰り広げられる、二人だけの舞台。

だが、気の遠くなるような激しい羞恥に堕《お》ちていきながら、奏の心には、凍えるように冷たい氷の欠片が突き刺さったままだった。

『――高井戸さん…』

残された時間を示す砂時計の砂は、奏の上で、確実にその量を減らしていたのだった。

さて、場面は一時間後の高井戸の楽屋——。

「それにしても、リハの前にシャワーを使ってるっていうのも、いかにも怪しいよな？」

「も、もう…！　それは高井戸さんが…！」

悪いのは、ダメだと懇願したのに、結局、奏の内でクライマックスを迎えた高井戸だと言ってやりたいのを、奏はグッと堪《こら》えて真っ赤になった。

高井戸がすべてを奏の内襞の奥に撃ち込みさえしなければ、後始末にシャワーのお世話になるほどのこともなかったはずだからだ。

「だって、口でするより、後ろに欲しがったのは奏だろ？」

「なっ…！」

涼しい顔で、奏ひとりを悪者にする高井戸に、首まで真っ赤になって、絶句するしかない奏。

そんな奏に肩を竦めて、高井戸は濡れた軀を拭《ぬぐ》うバスタオルを投げてやった。

「まぁ、いいんじゃないの？　リハ前のウォーミングアップは十分にできたし、喉が嗄《しゃが》れそうなほど、発声練習もできたみたいだしね？　情感がこもってて、そそられるいい声だったぜ？」

「も、もう！　高井戸さんは……！」

懲《こ》りもせず、からかいたっぷりのセリフを吐く高井戸に、手早く軀を拭いた奏が、丸めたバスタオルを思い切り投げ返してやったのは言うまでもない。

「おいおい」

からかいすぎれば、次はドライヤーが飛んできそうな勢いの、真っ赤な奏を見て、高井戸は話の矛先を変えることにした。

「ああ、それにしても、今年の夏はよく働いたなぁ」

ドッジボールの球のように受け止めたバスタオルを、ひと払いでパンと広げて、パイプ椅子の背にかける高井戸。

実際、すぐに快楽に走りたがるラテン系の高井戸とは対照的に、仕事に関しては質実剛健に厳しくをモットーとするドイツ系のレオンが組んだスケジューリングのおかげで、高井戸はこのところ、休みなしで走らされっぱなしだ。

もっとも、下手に遊ばせればロクなことにならない高井戸には、レオンくらい厳しいエージェントで、ちょうどバランスが取れている。

仕事でその類《たぐ》い稀《まれ》な才能を発揮させなければ、真面目な話、高井戸は、不埒《ふらち》な遊び人のジゴ口にもなりかねない困った色男なのだ。

「今更《いまさら》、人並みにバカンスをくれとは言わないけど、湘南《しょうなん》とか、近場でいいから、一日くらいはビーチでのんびり甲羅《こうら》干しがしたいよ」

もっとも、そんな風にぼやいてみせる高井戸に、奏は笑ってしまわずにはいられなかった。

「えー？　夏休み中の湘南なんて、ビーチは芋洗《いもあら》いみたいに込んでるし、行き帰りの渋滞だけでも疲れちゃって、とてものんびりなんてできないよ。五年前までは、日本で遊び人の大学生やってたくせに、もう忘れちゃったの？」

「遊び人だけ余計だ」

ささやかな奏の逆襲に、肩を竦めてみせた高井戸は、けれど実際、学生時代にはサーフィンをしに、ナンパした女の子達をとっかえひっかえ助手席に乗せては湘南あたりに繰り出していたにもかかわらず、日本でのその辺の事情を、既にすっかり忘れ果てていた。

『日本はもう、俺にとっては遠い国だな…』

その薄い唇の端に、微かに込み上げてくる苦笑い。

渋滞にイライラしながら高井戸がハンドルを握ることは、たぶん、もう一生ないに違いない。

『走るんなら、フロリダかメキシコ辺りへ向かうフリーウェーだな』

無意識のうちにも、来年のバカンスに思いを馳《は》せていた高井戸は、しかし、次の奏の言葉にハッとした。

そして、もちろん、それを口にしてしまった奏自身も――。

「ねぇ、甲羅干しはできないけど、遊びに行くんなら、秋の海にしようよ」

その方が人もいなくて――と続けようとした奏は、瞬間、自らの言葉に絶句してしまった。

それもそのはず、高井戸と奏の二人には、《秋》は決して訪れないのだ。

「――…」

互いに言葉を失った切り、気まずく見つめ合うばかりのふたり。

先に沈黙に耐え切れなくなったのは、タブーを犯して、訪れるはずのない《秋》を口にしてしまった奏の方だった。

「そ、そろそろ…他のみんなとウォーミングアップしなくちゃ…」

不自然なのは十分承知で、奏は濡れた髪もそのままに、あたふたと高井戸の楽屋を後にした。

そして、そんな奏の背中にさえ、ひと言もかけられなかった高井戸は――。

『奏…』

目眩《めくるめ》く快感に満ちた楽しすぎる十日間に、敢えて語られることのなかった、この先に続いていく日々。

そう、ずっと働き詰めだとぼやいた高井戸にとって、この三週間こそが、どんな南の島や楽園で過ごすよりも、遥《はる》かに充足した夢のバカンスなのだ。

現地調達のひと夏の恋人――確かに、そう言い切ってしまうには、奏は高井戸にとって、あまりに魅力的すぎる存在かもしれない。

あと十日かそこらで「サヨナラ」かと思えば、遊び人を自負する高井戸らしからぬ、胸を掻き毟りたくなるほどの未練を感じてしまって、ついつい過剰なセックスになだれ込んでしまう。

だが、それだから何だと言うのだろうか――。

奏に限らず、高井戸にとって、その時々の恋人達は、常に期間限定のナマモノで、彼らの新鮮さが薄れれば、関係は自然消滅するだけだ。

今はまだ、奏の新鮮味が失われていないからといって、たとえば、高井戸が奏をニューヨークへ伴ったとしても、きっと何ヵ月か後には、お互いに後悔することになる。

だいたい、この関係が期間限定であることは、奏自身が誰よりもわかっているはずだ。

日本に滞在する三ヵ月間だけ、高井戸を騙しおおせればよいのだと思ったからこそ、奏は《奏也》なんて手の込んだキャラクターに成り切って、勝手な復讐《ふくしゅう》劇の罠《わな》を高井戸に仕掛けてきた。

当初の計画が狂ったからといって、今更、コーネリアスに終焉の愛を誓うブラッドを、現実の高井戸に求めるほど、奏は愚かしくはないだろう。

さっきの言動は、所詮《しょせん》、ちょっとしたアクシデント。

その証拠に、奏は暗黙の了解をきちんと弁《わきま》えて、それ以上、何も言わずに楽屋を後にしたではないか。

『奏…』

本当は、その先を具体的に求めて詰め寄ってほしかったと、身勝手にも心のどこかで期待していた自分を、高井戸はきつく戒めた。

『らしくもない…!』

だが、理性で納得しても尚《なお》、奏への強い執着心が、高井戸の心を掻き乱す。

タイムリミットまで、残り十日間。

一度、落ちはじめてしまった砂時計の砂は、落ち切って空《から》になるまで、決して止まることはないのだ。

『奏…!』

今にも駆け出して、逃げるように出ていった奏の小さな背中を追いかけてしまいそうな自分を、高井戸は必死に押しとどめていたのだった。

一方、楽屋を飛び出した奏は、誰もいない舞台下の奈落《ならく》で、膝を抱えて泣いていた。

もしかしたら追ってきてくれるのではないかと、儚《はかな》い望みを胸に抱いてしまった自らの愚かしさを思い知らされる現実。

わかってはいたけれど、やはり、高井戸は奏を追ってきてはくれなかった。

つい三十分前まで、情熱的に奏を愛してくれたはずの高井戸――。

『バカみたいだ…！』

唇を衝《つ》いて溢れ出る嗚咽《おえつ》。

あと十日経ったら、奏はきっと、本物の奈落の底へと突き落とされてしまうに違いない。

思いが通じたと浮かれていても、結局は本気で恋をしているのは、五年前から奏ひとりだけで、高井戸にとって、奏は大勢いるアバンチュールのお相手の一人でしかないのだ。

『高井戸さん…！』

胸に込み上げてくる、遣り切れない思い。

高井戸の前で、やっと《奏也》の仮面を取った奏は、気がつけば、今は物わかりのいい笑顔の仮面を被っている。

そして、今度こそ、奏がこの笑顔の仮面を高井戸の前で取ることは許されないのだ。

『高井戸さん…っ！』

誰もいない奈落の底で、奏は決して高井戸の前では見せられない哀しみの涙を、ひとり切なく流し続けていたのだった。

＊＊＊

やがて、ついに訪れた千秋楽の夜――。

大成功のうちに幕を閉じようとしている舞台の楽日《らくび》を祝って、楽屋は挨拶《あいさつ》に訪れる関係者と、入り切らずに通路にまで溢れ出ている花とでごった返している。

そんな中、一際《ひときわ》華やいだ人の群れが、引っきりなしに行き来する、高井戸の楽屋を訪れたレオン。

「レン、確認しておくけど、明日の航空券の手配は、お前ひとり分でいいんだよな？」

「お前の分とふたり分だろ？」

わざとらしく嫌味な釘《くぎ》を刺してきたレオンに、最後の舞台メイクを済ませた高井戸は、他の来客達に向けている、営業用の役者スマイルとは対照的に憮然《ぶぜん》とした顔で答えた。

そんな高井戸に、面倒はごめんだからなと、露骨に安心してみせるレオン。

「オーケー、わかった」

「何がオーケー、わかっただ！」

もちろん、そんなレオンの態度を、高井戸が腹に据えかねているのは言うまでもない。

「だいたい、せっかく故国に帰ってきた俺に、一日の休暇もやらずにニューヨーク行きの便を押さえるとは、お前も大概いい根性してるよな！」

今夜の千秋楽が跳《は》ねたら、明日の昼には再びニューヨーク行きの機上の人となるレオンのスケジューリングに、業を煮やした高井戸は嚙みついた。

しかし、その程度の怒気に恐れをなすようでは、とても高井戸のエージェントは務まらない。

「そうか？　俺はてっきり感謝してもらえてるもんだと思ってたけどな？」

そして、涼しい顔で速答してきたレオンに、案の定、ひと言も返せない高井戸。

それもそのはず、そのくらい余裕なくスケジューリングして、考える間もなく追い立てられでもしないことには、高井戸自身、とんでもない行動に出てしまいそうな自分が不安なのだ。

あの中日の楽屋で、一瞬、ひどく気まずくなった後も、結局、お互いに何事もなかったかのように、残された日々を目眩く快楽の虜《とりこ》となって過ごしてきた高井戸と奏。

今日も楽屋入りギリギリまで、まるで色情狂になったみたいに、淫らに這わせた奏を犯さずにはいられなかった高井戸は、どうかすると自ら禁を破って、情熱のまま、一気に奏をかっ攫《さら》ってしまいそうな気がするのだ。

だが、そんなことはもちろん、一時の気の迷いであって、絶対に高井戸の本意ではない。

『クソッ！』

自分の内でも消化し切れない苛立《いらだ》ちを、無理遣り捩《ね》じ伏せるように、高井戸は立ち上がった。

最後となる、奏との舞台が待っている。

自分の気持ちに踏ん切りをつけるためにも、高井戸は、奏に触れるのは、この舞台を最後にしようと心に決めていた。

今夜、高井戸は、死神ブラッドの指で、コーネリアスの肌に触れ、終焉の愛を誓う。

『奏…』

密《ひそ》やかに幕を開けた自分達の第三幕に、高井戸は自分の手で幕を降ろす覚悟を決めたのだった。


そして、スポットライトに煌々《こうこう》と照らし出された舞台から、満場の客席に向けて、朗々と響き渡る魅惑の死神の声。

舞台は今、正にクライマックスの瞬間を迎えようとしていた。

『──《コーネリアス、そなただけに、我が終焉の愛を誓う…！》──』

漆黒のマントに、穢《けが》れなき純白の翼を掻き抱いて、美しい天使の唇に口づける死神の姿。

妖しくスモークの立ち籠めた舞台は、熱く抱擁を交わす、背徳の恋人達を乗せたまま、ゆっくりと奈落の底へと沈んでいく――。

そして、怒号のように沸き起こる、歓喜に満ちた喝采《かっさい》の嵐《あらし》。

三週間にわたって、何かと話題を攫《さら》い、絶賛されてきた舞台が、実に最高の終焉の時を迎えたのは言うまでもない。

だが、割れんばかりの拍手の中で降りていった緞帳《どんちょう》の裏で、高井戸と奏の第三幕は――。

「おめでとう！」

「お疲れ様！」

「最高の舞台だったよ！」

文句なしの大団円を迎えた千秋楽の夜、ささやかに舞台の上で催された、身内だけの打ち上げは、役者とスタッフ達の歓びの声で満たされていた。

「またいっしょに仕事をしたいもんだな」

「だったら、今度はアンタがニューヨークへ来いよ」

満足気な笑みを浮かべて、隣に立った堤《つつみ》の言葉に、高井戸はバーボンのグラスを手に、肩を竦めた。

「日本の芸能界は、俺の性に合わない」

「まぁ、そう言うなよ。何も、この国の芸能人の全員が全員、三國伊知郎《みくにいちろう》ってわけじゃないんだ。コーネリアスを演じた奏の演技は、高井戸蓮のお気に召しただろう?」

しかし、やんわりと執り成そうとした堤に、高井戸はきっぱりと訂正の言葉を返した。

「ああ、《秋津奏也《あきつそうや》》のコーネリアスは気に入ったよ」

「高井戸…」

その言葉にハッとしながらも、堤は高井戸が既に、この国でのアバンチュールに終止符を打っているのを悟った。

そして、この打ち上げ会場に、もう一人の主役であったはずの、奏の姿はない。

麻子《あさこ》が心配し、危惧《きぐ》したとおり、奏は突き落とされた奈落の底で、二度と這い上がれない絶望に、酷《むご》くも打ち拉《ひし》がれているのだろうか。

「何も言わないでくれ」

グラスを持つ手を止めた堤に、高井戸が釘を刺した。

「悪いが、そろそろ、俺は退散するよ。こんなところを、アンタの女王陛下に見つかったら大変だ」

「ああ、麻子は間違いなく、お前を殺すだろうな」

堤の返事に、再び肩を竦めて、高井戸はグラスに残っていたバーボンを飲み干した。

「それじゃ、また縁があったら」

「ああ、そうだな」

二度とないかもしれない再会を、気のない声で口にして、素っ気なく別れていく男達。

そのまま、劇場を後にした高井戸は、まっすぐマンションの部屋に向かった。

改めて荷造りするほどの荷物もない高井戸だが、とりあえず明日の朝までに、少し身辺整理をして、奏が残していった三週間分の生活を、小さな段ボール箱にでも詰めてしまわなくてはならない。

『送り先は…とりあえず、堤のところでいいのかな…？』

その火を噴くような激高《げっこう》ぶりが目に浮かぶ、麻子の住所を確かめる気になれない高井戸は、レオンに問い合わせれば、堤の事務所の住所がわかるだろうかと考えながら、ポケットにタバコを探った。

なだらかに高台へと向かう、もうじき日付が変わる深夜の坂道――。

そういえば、三週間前、意を決した奏が高井戸を訪ねてきたのも、このくらいの時間だった。

けれど、高井戸が吐き出したキャメルの紫煙が、ゆっくりと糸のように棚引《たなび》くこの坂道を、奏が再び上ってくることはないだろう。

なぜなら、今夜、高井戸は、あの抱き合って落ちていった奈落の底で、尚もすがりついてきたコーネリアスの、いや、奏の腕を振り解いたのだ。

――もう、終わったんだよ、《奏也》。

高井戸の呼びかけに、これ以上ないくらいに大きく驚愕《きょうがく》に見開かれていた、奏の榛色《はしばみ》の瞳《ひとみ》。

そして、奏は、打ち上げの会場にも姿をみせなかった。

『もう終わったんだ…』

奈落の底で奏に囁《ささや》いた残酷《ざんこく》なセリフを、自らに確認するように、胸の内で繰り返す高井戸。

だが、しかし、終わりはまだ、訪れてはいなかった。

「高井戸さん…っ！」

暗い部屋の前に、澱《おり》のように沈んでいた影が、自分の名前を呼んだとき、正直、高井戸は心臓が止まるかと思った。

『奏…！』

その官能的な唇の端から、廊下の床に落ちていく、吸い差しのキャメル。

そのまま、体当たりするように、自分の胸の中に飛び込んできた奏の小さな躯に、高井戸は思わず、足元を危うくしたほどだった。

「終わりになんかできない…っ！」

暗い通路に響き渡る、胸が潰れそうなほど悲痛な叫び。

高井戸が呼ぶと、いつも振り返っていた、満面の天使の笑みは、もうそこにはなかった。

「これが本当の僕の顔だよ！　蓮に捨てられたら生きていけない！　蓮が好きなんだ！　死ぬほど蓮が好きなんだ！　聞き分けのいい顔なんかできない！　お願い、捨てないで…！」

爪が白くなるほど強く、高井戸のシャツを掴んで震える、折れそうに細い奏の細い指。

絶望の涙でグシャグシャになった泣き顔が、必死の形相で高井戸に縋《すが》りついてくる。

『か、奏…っ！』

それは、底の底まで、その素顔を見据えてやりたいと願っていながら、高井戸が初めて目の当たりにする、もう一歩も後がない、正に断崖《だんがい》絶壁に立つ奏の顔だった。

涙に濡れる、恐いほど真剣で純粋な榛色の瞳。

瞬間、必死の思いに小刻みに震える、その細い肩を、思い切り抱き竦めてしまいたいという自らの危険な衝動に、高井戸は足元から呑《の》み込まれてしまいそうになった。

だが、次の瞬間、言いようのない感情に駆られた高井戸は、哀れを誘うほど捨て身になっている奏の小さな軀を、力任せに突き飛ばしていた。

そのまま、逃げるように飛び込んだ自分の部屋の中。

今にも破裂しそうなほど、高井戸の心臓は高鳴っていた。

すっかり割り切っていたつもりなのに、わけもなく胸の奥底で逆巻いている罪悪感。

「高井戸さん…っ！」

ドアの外に悲痛に響き渡る、高井戸を呼ぶ奏の声。

『やめてくれっ！』

高井戸は両手で自分の耳を覆った。

それでも必死に高井戸の名前を呼びながら、小さな両の拳《こぶし》でドアを叩《たた》き続ける奏の気配。

誰もいない深夜の廊下に、高井戸を求めてドアを叩き続ける奏の拳の音が、いつまでも、いつまでも響き続けていた。

＊＊＊

明け方から、ずっと歩き続けで、やっとの思いで麻子のマンションに戻ってきた奏は、まるで魂が抜けた人形のように哀れに見えた。

「可哀相に…バカな奏…」

内出血で、指の付け根が折れたみたいに紫色に変色した奏の拳を、麻子は労《いたわ》るように優しく撫でて、傷ついた奏の躯を胸の中に抱き締めてやった。

「麻子ちゃん…！」

不意に、堰《せき》を切ったように自分の腕の中で泣き出した奏に、麻子は胸が痛くなった。

いくら懇願されたからといって、麻子が《奏也》なんてキャラクターを創《つく》って、子供じみた復讐劇に加担さえしなければ、最初から高井戸は奏になど興味を持たず、こんな風に奏がボロボロに傷つくこともなかったのかもしれない。

「ごめんね、奏也…」

けれど、謝られた奏には、何もかもが自分の身から出た錆《さび》で、何一つ麻子に非がないことがわかっていた。

高井戸蓮に恋をしたのは、誰のせいでもなく、ただ奏自身なのだ。

「謝らないで、麻子ちゃん」

奏は精一杯の意地で、自分を優しく抱き締めて、慰めてくれる麻子の腕の中から顔をあげた。

麻子に謝られ、悪いのは高井戸だと、あやすように耳元で囁かれれば、少しは奏の気持ちも救われ、惨《みじ》めに引き裂かれた思いも癒されるかもしれない。

だが、それでは奏は、何もかも姿を消してしまった高井戸のせいにして、子供じみてバカげた復讐劇を目論《もくろ》んだ自分自身から、一歩も踏み出せていないのと同じことだ。

こうなってしまったのは麻子のせいでも、ましてや高井戸のせいでもなく、ただ奏自身のせいなのだ。

結果として、ずいぶん回り道をしてしまったけれど、高井戸に恋をした奏は、ついにすべての仮面をかなぐり捨てて、捨て身で高井戸にぶつかって、とうとう、木っ端微塵《こばみじん》に玉砕してしまった。

けれど、どうせ壊れてしまう運命なら、元に戻らないひび割れを眺めて、いつまでも涙に暮れているよりも、完膚《かんぷ》なきまでに粉々に砕け散ってしまった方が、いっそ清々《すがすが》しいではないか。

どんな目にあわされても、結局、奏は高井戸を諦《あきら》め切れていないのだ。

「応えてもらえなくても、やっぱり、僕は高井戸さんが好きなんだ！」

「奏…」

初めて務めた舞台での大役を終えた直後、ひと晩中、閉ざされた扉を叩き続けて泣き明かした顔は、人も羨《うらや》む美貌がすっかり台無しの有様だったけれど、見つめる麻子の目に、それは酷《ひど》く大人びて美しく映った。

思えば高井戸に関わり、泣かされる度に、奏は少しずつ大人になって、自分の頭で考え、自分の足で地面を踏みしめてきた。

堤の言うとおり、奏を庇護することに躍起になってきた麻子は、既に子離れしなくてはならない時期に差しかかっているのかもしれない。

「すっかり大人になっちゃったのね」

そう言って、少し寂しげな微笑みを浮かべると、麻子はハンカチで奏の泣き顔をきれいに拭ってやった。

「アタシだけの可愛い奏が、あんなカサノヴァのものになるのかと思うと、腸《はらわた》が煮え繰り返っちゃうわ」

「麻子ちゃん…」

「いいのよ。これからはアタシも、可哀相な堤のことを、少しは考えてあげることにするわ」

悪戯っぽく笑って、麻子は奏の頬に優しくキスした。

「高井戸の飛行機の時間、十一時半ですって」

「えっ？」

「行きなさい。まだ諦め切れないんでしょう？」

「うん！」

「また五年後の再会を目指すのね？」

「ううん！　今度はそんなに待たない！　自分から追いかけるよ！」

お返しに、自分も麻子の頬にチュッとキスして、奏はにっこり微笑んだ。

しつこいヤツだと思われようとも、たった一度の玉砕なんかで、奏は高井戸を諦められない。

奥の奥まで、奏自身を知りたいと言ってくれた高井戸と、本当の奏は、実際には、まだ第一たのだった。

自らを奮い立たせた奏は、麻子から教えられた飛行機の時間を睨んで、急いで成田《なりた》へ向かっ

「これから始まる第二幕の予告編、忘れられないようにアピールしてくるよ！」

幕を迎えたばかりではないか。

結局、奏の荷物はそのままに、三ヵ月の仮住居《かりずまい》をしたマンションの部屋を後にした高井戸は、レオンと連れ立って、成田に向かう車の中にいた。

また仕事のオファーでもない限り、たぶん、自分からは戻ってこないであろう、もうひとつの故国の景色。

しかし、高井戸は、少なくとも暫くの間は、どんなに魅力的なオファーがあっても、日本の土を踏む気にはなれないに違いない。

そう、奏がいる日本の土は――。

『奏…』

昨夜、窓の外が白々と明けてくるまで、諦めもせず、奏の小さな拳で必死に叩き続けられた、高井戸の部屋のドア。

高井戸の耳には、今も自分を呼ぶ、搾《しぼ》り出すように悲痛な奏の声が消えない。

『可哀相な奏…』

けれど、奏を哀れむ振りをしながら、高井戸にはわかっていた。

本当に哀れなのは、奏ではなく、高井戸自身なのだ。

そう、仮面の下に隠れた本当の奏を、奥の奥まで見透してやりたいと口にしながら、その実、高井戸は、姿を現わした、あまりにも純粋無垢《むく》で真っすぐな奏の真実に、恐れをなしてしまった。

砂地が水を吸うように、教えられたことを次々と自分の内に吸収して、驚くほど華麗に変貌を遂げていく、若さに満ちた奏の瑞々《みずみず》しい感性。

見る度に、高井戸を魅了してやまない、伸びやかで素直な奏の気質は、しかし、同時に高井戸をひどく戸惑わせる。

どんな相手とも長続きせず、束縛を嫌い、次々と新しい刺激を求めて、男から女、女から男と、欲望の赴くままに、仮初めの愛を追い求めてきた無責任なカサノヴァに、果たして、奏のように純真な相手と、無制限に真正面から向き合っていけるのか――。

考えれば考えるほど、高井戸には、それが不可能に感じられてならなかった。

「あの子なら、語学力もあるようだったし、そんなに気に入ったんなら、とりあえず、ニューヨークへ連れていっちゃえばよかったんじゃないのか?」

車の中でもずっと黙りこくっていた高井戸に、レオンが声をかけてきた。

初めて会ったオーディションのとき、どうせ日本人にはわからないだろうと、応募者達を小馬鹿にした内緒話を英語でしていた高井戸と自分に、いきなり水をぶっかけてきた奏の気の強さが、レオンには今も忘れられないのだろう。

『確かに、あのときの奏には、すっかり度胆を抜かれたからな…』

途端に高井戸の脳裏に次々と蘇《よみがえ》ってくる、鮮やかな奏との記憶の数々。

ショットバーのカウンターでの、思わせ振りな初対面。人前で水をぶっかけられたオーディション会場。興味なげに台本を突き返された稽古場。ギリシア神話のアドニスに引っかけて、見事に切り返されてきた会話。そして、高井戸を一遍で魅了したコーネリアスの代役。

初めて抱いた奏は、生まれて初めて経験する破瓜《はか》の痛みと恐怖に、高井戸の腕の中で赤ん坊のように可愛く泣きじゃくった。

今となっては、どれが《奏也》で、どこからが《コーネリアス》で、どの仕草や表情が《奏自身》のものだったのか——。

けれど、高井戸の瞳を捉え、魅了したどの瞬間も、すべては奏が演じた、高井戸には忘れられない一瞬ばかりだ。

それなのに高井戸は、今、奏を永遠に忘れてしまおうとしている。

『奏…！』

自らの脳裏を過《よ》ぎっていく、鮮やかな奏の記憶を絶ち切るように、高井戸は殊更に平静を装って、レオンに応えた。

「語学力だけでやっていけるほど、ブロードウェーは甘くないさ」

実際、少しくらい言葉ができるからといって、異国で成功を収められる役者はほとんどいない。

一時の気の迷いで、奏をニューヨークに連れ去れば、今回の舞台で、せっかく役者として売り出すチャンスを摑んだ奏の将来を、高井戸がその手で潰してしまうことになる。

演出家として、それは高井戸には忍びない。

『別れてやるのが、結局、奏のためなんだ…』

しかし、自ら出したもっともらしい結論に納得しようとした高井戸に、レオンが追い打ちをかけてきた。

「俺が単にあの子の英語力のことを言ってるんじゃないってことは、いっしょに舞台を務めたお前が、誰よりもいちばんよく知っているよな？」

「レオン…」

「お前は軟派なロクデナシだが、仕事をする日だけは確かだ。なぁ、そうじゃないのか、レン？」

高井戸には返す言葉がなかった。

そう、何もかもレオンの言うとおり。

役者としての奏の将来に思いを馳せているなんて、そんなのは体のいい高井戸の言い逃れでしかない。

本当の高井戸は、ただ怖いのだ。

あの純真な榛色の瞳と、この先ずっと向き合い続けるのが、高井戸には耐えられないほど不安なだけなのだ。

『奏…！』

自らの恐怖に負けて、忘れがたい愛しさに背を向けようとしている高井戸。

だが、しかし――。

「高井戸さんっ！」

突然、叫ばれた自分の名前に、空港ロビーに足を踏み入れた高井戸は、ハッとした。

聞き覚えのある、懐かしい声。

まるで映画のワンシーンのように、振り返った高井戸の瞳に映し出された奏の姿。

『奏っ……！』

驚きに、その黒い瞳を見開いた高井戸の前に、奏が駆けてきた。

「第二幕の予告にきたんだ！」

昨夜の涙が嘘《うそ》のように、輝く微笑みを浮かべる奏の顔は、またも高井戸が初めて目にする、自信に満ちた潔さに溢れている。

「五年越しで、やっと幕を開けた第一幕だったんだ！　一度くらい玉砕したからって、絶対に諦めてなんかやらない！」

まだ昨夜の名残《なごり》を残して、紫色に内出血したままの小さな手で、奏は高井戸の手を取った。

「待ってて、きっと第二幕の幕を開けてみせるから！」

それは、当初、この復讐劇が終わったら、すべてにケリを付けて、新しく踏み出そうと心に決めていた奏が、ついに辿《たど》り着いた結論だった。

十六歳で《アイコニクス》でヴァンパイアを演じる高井戸に出会って、初めて人生に目覚めて以来、方向が定まり切らなかった奏。

けれど、本当は、あの初めての瞬間から、奏の目標は定まっていたのだ。

——僕、あなたみたいな役者になります……！

銀灰色の瞳をした、妖しくも麗《うるわ》しいヴァンパイアの牙《きば》に、その細く白い喉を咬《か》まれたあの日から、奏の運命は決まっていたのだ。

「僕、うんと魅力的な役者になって、高井戸さんに、新作の主役は絶対に奏じゃなきゃって、言ってもらえるようになるまで頑張るよ！　楽しみにして、待っててね！」

呆気《あっけ》に取られるばかりで、奏にひと言も返せない高井戸の背後に流れる、デパーチャーのアナウンスメント。

無言のまま、榛色の瞳を見つめる高井戸の手から、ゆっくりと離れていく、紫色に腫《は》れあがった小さな奏の手。

『あ…』

刹那《せつな》、胸苦しいほどの離れがたさを感じさせられた高井戸。

この手を離してしまったら、今度こそ高井戸は――。

だが、運命の時を刻む砂時計は、どこまでも無情だった。

「時間だぞ」

ロビーに流れた再度のアナウンスに、レオンが高井戸を促した。

『奏…！』

高井戸を襲う、狂おしくも短い葛藤《かっとう》――。

そして、いよいよ別れの時が訪れた。

言葉もなく、高井戸は踵《きびす》を返し、出入国カウンターのある階下へ続くエスカレーターに乗った。

「いいのか？」

「ああ」

尋ねてきたレオンに、短く応えた高井戸。

後はもう、ひと言も口を利かずに、高井戸は出国カウンターの列に並んだ。

自ら陥った恐れに打ち勝つ切り札が、高井戸にはなかった。

運命の女神が気紛れを起こしたのは、次の瞬間だった。

「高井戸蓮さんですよね？」

「キャー！　《終焉のラブ・アフェア》、五回も観ました！」

「感動です！　サインください！」

目ざとく高井戸の姿を見つけて、いきなり駆け寄ってきた、三人の若い女性の群れ。

一瞬、虚を衝かれて、張り詰めていた緊張を破られた高井戸は、すぐに営業用の魅惑の笑みを浮かべて、サインを求めて差し出された雑誌を手に取った。

数え切れないほど受けた取材のうちのひとつだったのだろう。女性誌のカラーグラビアを飾る、ブラッドの扮装《ふんそう》をした高井戸の横顔のアップ。

「キミの名前は？」

差し出されたサインペンで、自分の写真の横に手慣れたサインをしてやりながら、けれど、次の瞬間、高井戸は息が止まりそうな衝撃に見舞われていた。

『――……！』

高井戸の黒い瞳を貫いたのは、二つに折り畳まれた雑誌の次のページ。

まるで隣のページに写った高井戸のブラッドと、見つめ合うように配された、奏のコーネリアスの横顔。

清らかで美しく、真摯《しんし》な守護天使が、自分に求愛する黒い死神の瞳を、真っすぐに見つめている。

『奏……！』

刹那、高井戸は身を翻して、エスカレーターを全速力で駆け上がっていた。

愛《いと》しさが恐れに打ち勝った瞬間。

『奏……！』

誰よりも高井戸の心を魅了する、愛しい恋人。

理屈も逃げも言い訳も、今の高井戸にはクソ食らえだ。

そう、高井戸だけの奏を、どうして高井戸が手放すことができるだろうか。

後悔するのなら、後悔したときだ。

「奏っ！」

飛び出したエントランスから、通路を挟んだターミナルの向こうに見えた、奏の小さな背中。

「奏ぇっ……！」

通路を仕切るステンレスの柵を、軽々と飛び越えて、高井戸は再び大きく叫んだ。

ターミナルの向こう側から、ゆっくりとこちらを振り返った奏の小さな顔。

「奏っ！」

叫びながら、高井戸は次々と柵を飛び越えて、真っすぐに奏のもとを目指した。

驚きに見開かれていた榛色の瞳が、やがて、泣き笑いのように大きくその表情を揺らがせた。

「――高井戸さん…っ！」

「奏っ！」

互いにぶつかり合うように激しく重なって、飢えたように熱い抱擁を交わす高井戸と奏。

狂おしく抱き合う二人の頭上を、白くジェット噴射の帯を棚引かせて、ジャンボジェット機が一機、遥か彼方《かなた》へと飛んでいく。

真夏の空はどこまでも青く、明るい輝きに満たされていた――。

あとがき

こんにちは、篁《たかむら》釉以子《ゆいこ》です♡

キャラ文庫でお世話になる四冊目、『バックステージ・トラップ』はお楽しみ頂けましたでしょうか?

ああ、このあとがきを書くまでの道程の長かったこと……母よりも優しく、恋人よりも深い担当様の愛(?)に支えられて、やっと、ここまで辿り着くことができました。お読みくださった読者の皆様、本当にどうもありがとうございます!

ところで、誰にでも、自分とは別の人格になりたいっていう願望、少しくらいはあると思うんですが、皆さんはいかがですか?

篁の場合、願望というのとは、ちょっと違うのかもしれませんが、昼間は地味なOL、夜は腐った欲望をワープロに叩きつけるボーイズ作家(あれ? どちらのキャラクターも明るくないのはなぜ?)という、とりあえずは二つの仮面を背負って生きています。

しかも、わたしのボーイズ作家の仮面の存在を知っている人は、この世の中に数えるほどしかいません。ああ、正に仮面の告白的人生!(何を言っとるんじゃ!)

考えるにつけ、篁は絶対に突然死はできません。這《は》ってでも自分の部屋に辿《たど》り着き、いろいろと人目についてはマズイもの（って、なんなんでしょうね、いったい？）を処分してからでなくては、死んでも死に切れませんよ、いや、ホントに！（笑）

いやぁ、人生に護るべき仮面が存在するのは、強く生きる糧《かて》になるもんですね！（って、ちょっと違うかしら……？）

でも、最近は二つの仮面に、ちょっとお疲れモードの篁です……。ジキル博士とハイド氏みたいに、そのうち、人格が破綻《はたん》しちゃったら、どうしましょう？　そろそろ二つの仮面を融合して、第三の仮面を打ち出す時期なのかしら……？（なぁんてね！）

さて、毎度のことなのですが、今回、初めてイラストを描いてくださった松本《まつもと》テマリ先生には、大変、ご迷惑をおかけしてしまいました。それなのに、キャラ・ラフの段階から、送って頂いたＦＡＸは、どれも感涙ものの美しさ！　松本テマリ先生には、この場をお借りして篤く御礼申し上げます。本当にどうもありがとうございました！　あのカッコいいイラストが、現実に本になって出版されるのを、作者の篁も楽しみに待っている今日この頃♡

人格破綻に陥り気味の篁に、本を読んでのご感想など、お聞かせ頂ければ幸いです。

それではまた、どこかの紙面でアナタさまとお会いできるのを楽しみにしております。

篁　釉以子

この本を読んでのご意見、ご感想を編集部までお寄せください。

《あて先》〒105－8055　東京都港区東新橋1－1－16　徳間書店　キャラ編集部気付

「篁釉以子先生」「松本テマリ先生」係

■初出一覧

バックステージ・トラップ……書き下ろし

バックステージ・トラップ

……【キャラ文庫】

2001年11月30日　初刷

著　者　篁　釉以子

発行者　市川英子

発行所　株式会社徳間書店

〒105-8055　東京都港区東新橋1-1-16

電話03-3573-0111（大代表）

振替00140-0-44392

印刷・製本　大日本印刷株式会社

カバー・口絵　近代美術株式会社

デザイン　海老原秀幸

ISBN4-19-900208-1

好評発売中

篁釉以子の本
【ヴァージン・ビート】
イラスト◆かすみ涼和

13歳で出会ってから2年、瑞希《みずき》はずっと魁《かい》に恋している。魁は大学生で、瑞希の家庭教師だ。普段は傲慢で横柄な魁だけど、お気に入りの瑞希には甘く、イケナイことまで教えてくれる。だけど魁にはひとつだけ謎があって――自分のバイクのタンデムシートに、誰も乗せようとしないのだ。瑞希はその訳を探ろうとするが……。熱く切なく求め合うヒートアップ・ラブ。

好評発売中

篁釉以子の本
【カクテルは甘く危険な香り】
イラスト◆雁川せゆ

折口良実《おりぐちよしみ》はアルコール販売会社の新人営業マン。配属早々担当になったのは、天才バーテンダー・冴羽駿司《さえばしゅんじ》のバーだった！　冴羽は研ぎ澄まされた感性を持つ、クールな自信家。ひそかに憧れていたのに、仕事に厳しい冴羽は、失敗続きの良実を怒ってばかり…。落ち込む良実だけど、なんと世界大会二連覇を狙う冴羽の、オリジナル・カクテル創作に協力することになって――!?